ESTRANHOS NO AQUÁRIO

ADRIANA ARMONY

ESTRANHOS
NO AQUÁRIO

EDITORA RECORD
RIO DE JANEIRO • SÃO PAULO
2012

Este livro foi selecionado pelo Programa Petrobras Cultural

CIP-BRASIL. CATALOGAÇÃO NA FONTE
SINDICATO NACIONAL DOS EDITORES DE LIVROS, RJ

Armony, Adriana, 1969-

A763e   Estranhos no aquário / Adriana Armony. – Rio de Janeiro:
Record, 2012.

ISBN 978 85-01-09648-7

1. Romance brasileiro. I. Título.

CDD: 869.93
12-0035   CDU: 821.134.3(81)-3

Copyright © by Adriana Armony, 2012

Capa: Diana Cordeiro

Texto revisado segundo o novo Acordo Ortográfico da Língua Portuguesa.

Direitos exclusivos desta edição reservados pela
EDITORA RECORD LTDA
Rua Argentina 171 – 20921-380 – Rio de Janeiro, RJ – Tel.: 2585-2000

Impresso no Brasil

ISBN 978-85-01-09648-7

Seja um leitor preferencial Record.
Cadastre-se e receba informações sobre nossos
lançamentos e nossas promoções.

EDITORA AFILIADA

Atendimento e venda direta ao leitor:
mdireto@record.com.br ou (21) 2585-2002.

Para Christine

"What would the dark
Do without fevers to eat?"

Sylvia Plath

"Só quem trabalha ganha seu pão, só quem esteve em aflição encontra repouso, só quem desce aos infernos resgata as pessoas que ama, só quem puxa a faca consegue ter Isaac de volta."

Søren Kierkegaard

PRÓLOGO

Então era isto a felicidade: o escuro, um corpo no qual se mergulha. Era assim que se lembraria daquela noite, daquela sensação estonteante? Ele sabe que no futuro dirá a si mesmo que fora ali, precisamente ali, que sua vida tinha começado de verdade. Seus pulmões se dilatam com essa ideia, e ele sente que o ar é novo em folha, como o próprio mundo.

A janela está aberta e lá fora o negro é ainda impenetrável. Nuvens pesadas cobrem as estrelas e vê-se no céu apenas um fiapo de lua. Se apurar o ouvido, pode ser que escute o barulho de uma onda estourando, formando na areia um rastro de conchas e sal. Ao seu lado, o corpo de Maíra está inerte, abandonado numa confusão úmida de lençóis. Numa das pontas que escapa entre as pernas dela, o nome do hotel: Búzios Inn. Os cabelos negros desenham uma teia nas costas magras, de omoplatas salientes. Quando ele chega perto da nuca suada, fios elétricos tocam-lhe o rosto. Tem o impulso de arrancar a sua camisola e agarrá-la novamente, até machucá-la. Sabe que nunca o faria, mas sabe também que isso faz parte do desejo que sente por Maíra. Do amor que sente.

Benjamin senta na cama e abraça o travesseiro, sem acreditar na sua imensa sorte. Sorte? Mas não era esse o prêmio justo da sua paixão? Não havia sonhado tantas noites com aquele momento? Quantas vezes não repetira o nome dela para o André, a ponto de uma vez ele sorrir olhando para baixo, daquele jeito que era bem dele, e falar, "Maíra, Maíra, me refresque a memória, acho que nunca ouvi esse nome..." Ben respondeu se pendurando no pescoço do amigo com uma chave de braço. Conheciam-se há tanto tempo, e agora já estavam na universidade, eram dois garotos crescidos demais. "Esquece isso, cara, e vamos comer alguma coisa", André se desvencilhara rindo. Mas Benjamin, que sempre fora "uma draga", como costumava dizer sua mãe com orgulho, estava vivendo de petiscos e mordidelas. Sim, ele havia lutado por ela e agora colhia os frutos.

Junto com a brisa que invade o quarto, Benjamin sente o cheiro ligeiramente ácido de Maíra, enquanto nota que o corpo dela se enrosca nos lençóis de modo adoravelmente infantil, deixando entrever um bico rosado de seio. E novamente, novamente, sente a excitação crescer.

É impossível dormir. Ele hesita um instante, sentado na cama, mas de repente pega o short do chão e o veste com um movimento ágil. No mesmo instante sabe para onde irá. Devagar abre a porta, desce as escadas e chega à plata-

Estranhos no aquário

forma da piscina. Como era bonita de madrugada, cercada de palmeiras, com a luz sobrenatural, as cortinas levíssimas em torno das espreguiçadeiras voando com a brisa, o areal de um deserto noturno.

Na recepção, um homem ressona; ao longe, na praia, ouvem-se risos de bêbados. Ele aspira o ar fresco, senta-se na beirada e coloca os pés dentro da água, que está surpreendentemente quente. Ao balançá-los lentamente para os dois lados, eles lhe parecem aleijões, dois pés falsos colados em estranhas canelas cabeludas. Com o rosto ele acompanha o movimento hipnótico dos pés, de um lado para outro, até que algo se impõe ao seu olhar oscilante. É o corrimão de uma escada que fica à esquerda da piscina e — ele ouvira um hóspede comentar — desce para a sauna. De repente fica curioso. Não era provável que àquela hora a porta para a sauna subterrânea estivesse aberta, e, mesmo se estivesse, com certeza não estaria funcionando. Mas ele se levanta e, na ponta dos pés, sem saber bem por quê, vai até lá. Desce os degraus e empurra a porta, que cede; ele escorrega rapidamente para dentro, como um gatuno.

Está tudo escuro, e úmido, e Benjamin tem de tatear as paredes até encontrar o interruptor, uma coisa meio solta que com um pequeno clique projeta nas paredes uma luz fria, azulada. Ele tem de inclinar ligeiramente o pescoço para não bater a cabeça no teto. À direita, duas espreguiçadeiras, cobertas com almofadas plásticas onde restos de suor desenharam formas irregulares, estão voltadas para uma espécie de janela que mostra o interior escuro da pis-

Adriana Armony

cina. De fora, não havia reparado no retângulo de vidro debaixo d'água que, pensando bem, poderia ser bastante embaraçoso para mulheres e homens, de calções ou biquínis, que passavam de lá para cá. Benjamin se estende numa das espreguiçadeiras. As costas grudam no plástico, incomodando-o quando se ajeita. Em breve, o retângulo de vidro começará a cintilar com os primeiros raios da manhã, mostrando mulheres e homens velhos, corpos infantis em luta, meninos e moças em flor.

E lá está ele: quente, confortável na modorra do corpo satisfeito atingido por sucessivas ondas de sono, deixa os olhos abertos apenas o suficiente para fazer uma fresta — ou melhor seria dizer uma fímbria? — sim, uma fímbria, como a de um vestido, como aquele vestido branco que Maíra usava no dia em que a vira pela primeira vez, porta de entrada para o incomunicável —, deixando visível apenas essa fímbria de azul, recorte feito pelas pálpebras sobre o vidro da piscina. Ele se sente balançar suavemente, deitado no convés de um navio. Pessoas elegantes andam de um lado para outro, homens de bengala, mulheres com longos vestidos arredondados e chapéus, como numa cena que vira num filme, ou lera num livro, os escritores gostam muito de cruzeiros marítimos, as relações humanas se esgarçam nessas situações de confinamento, enquanto sobre tudo paira um céu e um mar indiferentes. E há as manhãs estupendas de sol, as refeições fartas, a noite se aproximando enquanto as vozes se animam cada vez mais, pois logo chegará a hora do baile, e talvez num canto um

Estranhos no aquário

homem e uma mulher troquem o segredo macio das suas bocas, enquanto no outro uma garota chora.

E agora quanto tempo se passara? Ele vê o sol progressivamente se refletindo sobre a água aprisionada atrás do vidro, ondulando ao sabor dos movimentos do vento, onde em breve estarão os corpos inconscientes do seu olhar, braços que se atravessarão de repente, pernas feito caudas de sereia, bustos em câmera lenta, lenta como o sono que o invade, o penetra, lento como a própria água, e ele vê a cauda de um vestido, uma cauda de rabo de peixe, ou talvez um véu de casamento, tênue, branco, e lá está a fresta de novo, ou a fímbria, o azul tremulando, ele se sente sorrindo, quente — mas agora há realmente algo no recorte, algo que penetra o retângulo de vidro. Tudo acontece muito rápido, tão rápido que mesmo que se lembrasse de tudo, nunca teria certeza do que realmente ocorreu; ele se força a fechar os olhos por algum tempo, e quando volta a abri-los, o retângulo voltou a ser um vidro azulado, as águas apenas ondulando levemente, sopradas pelo vento. Por muito tempo, ele fita estupidamente o chão, sem perceber o vidro se enchendo aos poucos com as pernas, os braços, os olhos esbugalhados dos hóspedes. Depois se levanta da espreguiçadeira e, tropeçando nos próprios pés, tateia as paredes como se as luzes não estivessem acesas, até finalmente encontrar a porta; ao abri-la, o sol atinge em cheio a sua cara, machucando-lhe os olhos, que vagueiam, se assegurando apressados das pessoas que o cercam, até que ele todo se apressa, correndo na direção do quarto, onde

Maíra não está, e apenas pode ver a marca que o corpo dela deixara no lado direito da cama. Enfia o resto das roupas na mochila, pega as chaves do carro, desce as escadas até a portaria onde assina um cheque com um valor que não questiona e foge pela imensa porta de entrada, aquela mesma porta que Maíra, rindo, ao entrar pela primeira vez na pousada, chamara de portal do paraíso.

* * *

Cansado. O cansaço se espalhando nas pernas, no peito, na barba que brota difícil do queixo. A luz branca não ajuda: uma das lâmpadas está meio queimada, tremendo e zumbindo de modo irritante, como uma pálpebra gigantesca. Sentado na cadeira meio rasgada da enfermaria, ele respira devagar o cheiro de remédio por cima de velhos odores humanos, esperando o fim do plantão no Hospital Universitário. As enfermeiras se apressam, mas os olhos de Roberto estão lentos, estão lentíssimos: uma sexta-feira e sábado infernais, com atropelados, esfaqueados, crioulos valentões infantilizados pela dor. Logo na virada do milênio tinha calhado dele estar de plantão, mas a verdade é que desta vez nem ele nem Júlia tinham ficado muito chateados, tão distantes estavam um do outro. Agora a madrugada deu uma trégua, e a cabeça dele começa a pender para o lado direito. Ao fechar os olhos, tem a consciência da luz que permanece por trás deles; ela assume uma quentura que desmente toda a agressividade anterior. Docemente, ele

Estranhos no aquário

penetra nesse calor. A sala quadrada onde está sentado virou um ponto na margem do seu cérebro, e o resto vai sendo tomado por algo líquido, uma corrente de água onde logo flutuarão macas, pessoas, aparelhos hospitalares estranhos como monstros marinhos.

Mas antes disso algo sai errado: alguém lhe sacode o braço, está chegando mais um paciente da emergência. Ele procura ser objetivo, olha o relógio. O mostrador másculo o tranquiliza. "Não posso, está na minha hora." "Acidente de carro. É um rapaz, um menino." Ele vai até a sala de descanso, olha nostalgicamente para a cama estreita que não tivera tempo de experimentar, pega a maleta. "Onde está o residente?" "Sei lá, acho que comendo um sanduíche. Aquele ali come o tempo todo." "Bom, vão caçá-lo. Eu estou um caco, preciso ir pra casa." E depois, levemente intrigado: "Muito grave?" "Hemorragia interna, provavelmente lesão cerebral." Dá de ombros: "Mais um desses loucos no volante."

Ele alcança o corredor. Em cada canto, um corpo enrolado numa maca parece exalar uma prece muda, para o médico ou para Deus, tanto faz. Naqueles momentos, os dois se equivaliam — era uma das coisas que o atraíam na profissão, essa semelhança com Deus, embora não acreditasse Nele. Enquanto estudava o cérebro ou os rins, enquanto cortava um cadáver como quem corta um filé, imaginava sua própria figura imensa (ele que nunca fora especialmente grande) colocando a mão compreensiva sobre os ombros de uma mulher de faces encovadas e tranquilizando-a: seria curada. Ou na sala de cirurgia, mexendo na maquinaria pulsante de um homem qualquer, um miserável às portas da morte que ganharia o suplemento de vida que dependia só dele; gratificado, sentia todo o poder viril das suas mãos, e redobrava a atenção aos órgãos, filamentos, todas essas camadas de pele, carne e ossos em que se resume a nossa existência.

Quando sai na luz fraca do amanhecer, está com a cabeça vazia. O ar está fresco e limpo, uma cigarra canta. Para além do estacionamento, alguns ônibus cortam a avenida ainda deserta. Abre a maleta, pega a chave do carro. Observa a carroceria prateada com olhar clínico, espana um arranhão imaginário. Seu primeiro carro importado. Senta, coloca um CD em alto volume, de uma banda de rock da sua adolescência, como há muito não fazia. Chegará em casa, beijará a mulher e correrá para a cama com o jornal do dia. O filho está em Búzios, viajando com os amigos, e não tem como perturbá-lo. A filha com certeza está dormindo, mas quando acordar, sempre muito tarde, encontrará o dinheiro da mesada separado em cima da mesa, e logo sairá para bater perna no shopping. Depois de algumas horas de sono, Roberto ficará sozinho em casa, com a mulher enfurnada no computador e no seu incompreensível doutorado, do qual ele tentará mais uma vez arrancá-la, com uma garrafa de vinho, alguns elogios, um beijo no pescoço — aquele longo pescoço que sempre exalava um cheiro florestal, quente e úmido. Ele a vê dizendo com algum enfado, procurando as palavras como se falasse com uma criança. "Não, Roberto,

Estranhos no aquário

não é isso." Sente uma onda de raiva, não da esposa, mas da amante que tivera numa única noite, a jovem enfermeira loura e infeliz que costumava persegui-lo pelos corredores noturnos do hospital, e que não tinha culpa de nada. Sente ciúmes dos livros da mulher, daquele trabalho inútil, da procura de sentidos ocultos e sutis nos livros, nas "imagens", nos "discursos", como ela dizia. O filho tinha puxado aquilo da mãe, a mania de ver em tudo um segundo significado, uma intenção oculta, mas enquanto numa mulher aquilo era desculpável, num homem essa característica era um erro, um indiscutível erro. Decididamente, as hesitações, as frescuras do filho o irritavam.

O sinal vermelho abre, um automóvel buzina atrás do seu. "Filho da puta!", grita Roberto, um tanto despropositadamente. Mas o deslizar potente do próprio carro o acalma. Ele tira o CD e liga o rádio, que dá as primeiras notícias do dia. Entra na sua rua do Jardim Botânico, protegida pelo silêncio do amanhecer e pelas copas das árvores. Está em casa. Logo sentirá o cheiro forte do café confundindo-se com o da mulher.

Abre o portão, Júlia não está em casa. Talvez tenha saído para comprar pão fresco. Pega o jornal ainda intacto debaixo da porta. Ela deve ter saído bem cedinho, caso contrário encontraria seus vestígios nas folhas meio amarrotadas dos cadernos culturais, nas marcas de manteiga, na página de Opinião aberta e lida com impaciência. Penetra no corredor ainda meio escuro, nota de passagem a bagunça no quarto vazio do filho, a porta da filha trancada. Cambaleando de sono, vai até a cama e se deita ainda vestido: "só uma sonequinha, antes da Júlia chegar..."

Não vê as letras desesperadas da mulher no bilhete rabiscado às pressas e jogado em cima da mesa de jantar. Também não percebe as várias mensagens deixadas no celular enquanto estava a caminho de casa. Dorme como um anjo, sem saber que em breve sua vida nunca mais será a mesma.

UM

1

Júlia olha pela janela da sala do apart-hotel, para o cinza plúmbeo das nuvens que se confundem com a fumaça que sobe do asfalto quente. Suas pálpebras pesam, mas a cabeça está surpreendentemente leve. Vasculha os bolsos grandes da saia, praticamente duas sacolas onde se misturam pequenos papéis, notas fiscais, moedas levíssimas de um centavo, um maço amarfanhado: ainda dá tempo de fumar um cigarro, antes que o filho acorde, antes que ela volte a penetrar no quarto escuro, onde abrirá as janelas e dirá: "olá, querido, descansou?" Os ruídos da hora do rush invadirão o aposento em vez do vento fresco de final de tarde que deveria soprar, como antes, no quarto iluminado do Jardim Botânico. E como naquela época (quanto tempo? eram apenas alguns meses, mas pareciam anos, décadas, toda uma outra vida), exatamente como então, o filho rolará na cama (como ela dizia mesmo? "igualzinho a uma panqueca"), engrolará um "que horas são", afundará a cabeça no travesseiro fazendo os cabelos que vinha deixando crescer cobrirem as laterais do rosto, que ainda guarda traços do menino que fora não fazia muito tempo: pálido, a boca fina e inquieta, mas bem-desenhada, os olhos grandes como se quisessem engolir o mundo. Nesse momento, podia acontecer de Júlia esquecer por algumas frações de segundo o que tinha ocorrido: ela era ainda a mãe amorosa e condescendente acordando o filho que podia se dar ao luxo de dormir de tarde, protegido pelo silêncio da mãe que, enfurnada no escritório, se abastecia de dezenas de papéis e cafezinhos que esfriavam antes de serem bebidos. Mas bastava olhar em seguida para o filho para a lembrança atingi-la como um machado: ele se ergueria da cama, mas agora seus movimentos seriam lentos; com dificuldade, ele perguntaria "mas onde é que eu estou?", e ela, pacientemente, infinitamente, responderia, "querido, estamos em São Paulo, você está se tratando de um acidente, com o tempo tudo vai melhorar, você vai ver".

Sente a fumaça do cigarro a invadindo junto com a escuridão que se aproxima. Lá embaixo (estão no décimo quinto andar) os carros começaram a se transformar em pequenos borrões. Será que o filho já acordou? Empurra a porta e o contempla abandonado no quarto nu; o violão, os livros, os CDs, tudo ficou para trás, na casa do Rio de Janeiro. Ele está só de short e ela mais uma vez se surpreende com o

Estranhos no aquário

corpo espichado, os pés enormes, os pelos miúdos do peito magro do seu filho, que agora virou o rosto no travesseiro e com um único olho perplexo espia a mãe.

— Descansou, querido?

Ele fecha os olhos de novo, como se para testar se aquilo era um sonho que continuava. Júlia se pergunta no que ele está pensando, no tipo de pensamentos que ele tem agora. Ou era apenas mais um mergulho na escuridão, antes de emergir?

— Está tudo bem, meu amor?

— Mãe... é você, mamãe? Já é manhã?

Ele parece inquieto, como se procurasse se lembrar de alguma coisa: ah, ela conhece essa testa se franzindo de forma tão familiar! Júlia inclina o corpo para a frente, estimulando-o: lembre-se, lembre-se!

— Mas onde eu estou? — a expressão perplexa, novamente. — Esse não é o meu quarto!

— Não, meu querido. Você sofreu um acidente, mas está se recuperando. Estamos num apart-hotel em São Paulo, bem perto do hospital Hannah Arendt. Os melhores médicos estão cuidando de você.

Benjamin olha em volta, o ar desolado. Pega distraidamente um relógio na mesa de cabeceira e olha as horas como se não conseguisse lê-las.

— Mas e a festança? Assim eu vou perder...

Benjamin não termina a frase: lança olhares para todos os lados, procurando algo no chão. Júlia também parece procurar alguma coisa que não sabe o que é. Confusa, estica a mão para o copo de água que está na mesa de cabeceira e oferece-o ao filho. Depois anda na direção da janela.

— Um pouco de ar vai te fazer bem. Não se preocupe com nada, meu filho, só com a sua recuperação. A festa já aconteceu, foi depois dela que aconteceu o acidente.

É preciso repetir, repetir sempre. A cada vinte minutos, mais ou menos, ele esquece tudo o que lhe disseram nesses vinte minutos. Mas o cérebro é imprevisível, era o que lhe diziam sempre. Aos poucos, o tempo de retenção aumentaria, de vinte minutos para quarenta, depois para uma hora inteirinha, e assim por diante... Ela não lera todos aqueles casos clínicos que contam como os doentes se recuperaram, uma parte do cérebro assumindo funções até então impensáveis? Ainda mais o filho, que era tão novo... Sobretudo agora, quando começaria a seguir as recomendações da neuropsicóloga, espalhando papeizinhos pelo quarto que lembrassem a Ben o que devia fazer, organizando uma agenda...

— Arrá!

— O que foi, filho? — Com a mão no peito, os cabelos desgrenhados, Júlia é o retrato do pavor, e Benjamin começa a rir.

— Minha meia! Aprisionei!

— Essa festa era importante pra você, não é? Foi importante — corrige. Mas os olhos grandes do filho estão examinando alguma coisa na meia.

— Furada! Oca!

Estranhos no aquário

Ele tenta se levantar, mas percebe que não consegue mexer as pernas. Júlia nunca está inteiramente preparada para esse momento:

— Fica calmo, Ben, com o acidente você ficou com uma dificuldade de locomoção. Mas os médicos disseram que você vai recuperar os movimentos.

— Paralítico? Eu estou paralítico?

— É por pouco tempo, querido. Você precisa praticar.

— Ela não pode saber! Promete que não relata?

Ela é Maíra, a namorada de Ben — ou pelo menos a menina por quem ele estava apaixonado. A mãe liga o rádio, nessas horas costuma ajudar. Ele se distrai, se deixa levar pelas batidas da percussão: sacode a cabeça como se estivesse no chão do seu quarto no Jardim Botânico, entre os almofadões cheirando a incenso. Subitamente, olha para a mãe:

— Mãe, que lugar é esse?

Às vezes ele não se importa, ela pensa. Não se surpreende. Era como se no fundo de si mesmo soubesse o que aconteceu.

— Eu idealizo a velharada, sabia? — a velharada era o rock antigo, anos 80. — Ah, o Mosca tinha que comparecer aqui.

Pronto, esqueceu da paralisia. Ela se sente subitamente animada:

— Está com fome?

— Uma indústria de fome.

O acidente também atingira a fala, fazendo com que às vezes ele se expressasse de forma esquisita, erudita ou metafórica demais. Agora estava bem melhor, mas no início chegava a ser difícil saber do que ele estava falando.

Delicadamente, ela envolve com um braço os ombros do filho, com o outro os joelhos e o coloca na cadeira de rodas, enquanto ele assobia acompanhando a música. Ela gosta de aproveitar esses primeiros momentos da manhã em que estão sozinhos, antes da chegada do acompanhante, que a ajudará a dar banho no filho.

— Vou trazer o seu lanche, espera só um minutinho.

Júlia vai até a cozinha, pega o mate, o sanduíche de atum que estava preparado há uma hora, esperando que o filho acordasse, e os bombons Sonho de Valsa. Pergunta-se o que o filho dirá quando ela estiver de volta: "oi, mãe, o que eu estou fazendo aqui?" ou "por que não consigo mexer minhas pernas?". O ar perplexo. Mas talvez ele diga simplesmente: "Minha castelã, enfim trazes uma taça de mate e... como é mesmo o nome desse edifício de pães?" "Sanduíche", ela dirá com um sorriso triste. O quadrado da janela está preto, não se sabe se porque a noite já chegou definitiva ou porque uma tempestade se aproxima. Com estranho fervor, ela pede ao céu que a chuva venha aliviar o calor sufocante de um dia inteiro.

2

Roberto hesita diante do caderno da mulher. Fazia alguns minutos que vinha passeando pelo escritório, pegando e largando os objetos que guardavam resíduos de Júlia: uma caneca com café gelado no fundo; uma lixeira cheia de papéis amassados, em cujo topo se podiam ler as palavras "afetos passivos", confundidos em um borrão de tinta; uma caneta Bic com a ponta mordida. Agora percebia que estivera enganando a si mesmo, e num impulso decidido abriu o caderno. "Que mal há nisso?", pensou, e logo em seguida, "como um estuprador." Ao ver a letra da mulher, não pôde deixar de compará-la mentalmente com a da mensagem do dia do acidente: "Ben se acidentou, estou indo para o hospital do Fundão, onde você estava?" No caderno, a grafia era miúda e concentrada, enquanto no bilhete as letras alongadas pareciam correr, prontas para saltar do papel para a porta. E o estilo, sobretudo, era diferente: enquanto no caderno era cheio de ressalvas — ele as gravava na memória enquanto folheava as páginas gastas, expressões como "não se pode afirmar com certeza", "é possível que", "algumas fontes afirmam" —, no bilhete irrompia aquele "onde você estava", inquisitivo como um enorme dedo. No meio do caderno, detém-se na seguinte citação, assinalada em vermelho: "Assim, ele admite que Deus é geralmente a causa de todas as coisas; porém pretende que Deus as produziu necessariamente, sem liberdade, sem escolha e sem consultar seu próprio beneplácito. Da mesma maneira, tudo o que acontece no mundo, bem ou mal, virtude ou crime, pecado ou boas obras, parte Dele necessariamente; e por conseguinte, não deve ter nem juízo, nem punição, nem ressurreição, nem salvação, nem danação; porque, senão, esse Deus imaginário puniria e recompensaria sua própria obra, como uma criança faz com sua boneca. Não é este o mais pernicioso ateísmo que jamais houve no mundo?"

Quando fecha o caderno, nota uma pilha de papéis, uma mistura de textos xerocados e grampeados. O primeiro era uma curta biografia do filósofo Espinosa. Em seguida, vinham mais ou menos vinte páginas de uma xerox de má qualidade, provavelmente feita de um livro antigo, mas ainda assim bastante legível. Alguns trechos estavam sublinhados e nas margens havia comentários de Júlia. Na primeira folha, leu: "Exame das tradições phariseas conferidas com a lei escrita por Uriel Jurista Hebreo, com

Estranhos no aquário

resposta a hum Semuel da Silva, que faz officio de medico, seu falso caluniador." No pé da página, o local e a data da publicação: "Amsterdam, em casa de Paulo à Ravesteyn, anno da criação do mundo 5384." A grafia antiga reforçava o caráter misterioso do texto, e a letra "s", especialmente, o seduzia: ao contrário do desenho atual, esticava-se para cima e para baixo, como um "f" que tivesse perdido a linha de corte, ganhando em fôlego mas perdendo a sinuosidade. Resolveu que leria algumas daquelas páginas à noite. Assim se sentiria mais próximo de Júlia — não da atual, mas da anterior ao acidente.

Sai para o corredor, olha o relógio: já são seis horas, Júlia deve estar na sala do apart-hotel com Benjamin, olhando-o fixamente por trás do próprio pavor. Deve telefonar agora? É preciso perguntar como foi o dia, saber da fisioterapia, sondar se o filho se lembrou de alguma coisa, mas sem perguntar diretamente; ele é o último que tem o direito de ser inquisitivo. A mulher tem, os médicos do plantão têm, qualquer um tem esse direito. Nas três semanas que passara no Rio sem a família, nem uma única vez tivera coragem de abrir aquela porta. Não se sentia no direito, pensou, e acrescentou ironicamente, "mas me sinto no direito de abrir os cadernos da minha mulher ausente". E depois dos cadernos o que mais? O computador, os e-mails, os desejos secretos... Viu diante de si o rosto pálido, a boca úmida entreaberta, os cabelos cheirando a maçã e suor, a resistência do corpo seguida de uma doce concessão... Era sempre ele o lobo, como na história de carochinha, ou como na divisa de Hobbes, "o homem é o lobo do homem", que o filho uma vez quisera discutir na mesa do jantar. "O que você acha, pai?", dissera Benjamin com aquele arzinho desafiador. Roberto permanecera algum tempo em silêncio, concentrado em cortar o bife, e só respondeu depois de arrumar no garfo um pedaço de carne, uma cebola tostada e um punhado de arroz e feijão amassado: "acho do quê, filho? Me explica, que pra mim essa é só mais uma frase de efeito". Roberto podia ver a irritação crescendo nos olhos do filho, mas ele mesmo estava calmíssimo, com o controle absoluto da situação; podia quase tocar ao seu lado a corda tensa da mulher calada, o voo da filha perdida nos próprios pensamentos e, na cozinha, o arrastar dos pés da empregada pronta a invadir o território da família. "Frase de efeito?", a modulação da voz do filho ia afinando, voz de adolescente, de moleque recém-saído das fraldas. Ben olha em volta, incrédulo: "mas essa frase é a base de toda a cultura ocidental!" O pai amassa o arroz com feijão com método e, já com uma ponta de irritação, diz sem olhá-lo: "Toda a cultura ocidental? Não é um pouco de exagero, de pretensão? Com 17 anos não é um pouco cedo pra conhecer toda a cultura ocidental?" Benjamin por um momento parece petrificado; afasta uma mecha suada colada na testa e recomeça: "Tá bom, pai, esquece o Thomas Hobbes, se você quiser. O que eu quero saber é: o homem é o lobo do homem ou é o bom selvagem?"

Roberto balança a cabeça, é preciso afastar esses pensamentos. Como Jorge dissera: "você precisa sair um pouco,

Estranhos no aquário

pegar um ar." Jorge, com a barriga saltando do cinto, seus dólares na Suíça, seu suor abundante. "Tem algo melhor do que comer e beber do bom e do melhor?", o amigo procurava animá-lo, segurando seus ombros com as mãos enormes. "O que é isso, Beto, bola pra frente, o que não mata engorda, como você acha que eu me fiz?" — e aqui o amigo se espichava todo, enquanto com a mão esquerda, em que brilhava uma grossa aliança, que chamava carinhosamente de "a coleira", mostrava o corpanzil para um público imaginário. Jorge sempre despertava em Benjamin um sorrisinho irônico que era incapaz de notar. "Esse seu menino precisa de um choque de realidade, Beto, manda ele lá pro escritório." Trabalhava 12 horas por dia, comia bem, usava as melhores marcas, era casado e tinha algumas amantes. "Um clichê ambulante", resmungava Benjamin, depois que ele saía, suficientemente alto para que o pai ouvisse.

Mas como poderia deixar de pensar em Ben? Sua mulher estava sozinha em São Paulo, longe de casa, do trabalho e dele mesmo, debruçada sobre um fragmento do que um dia fora o filho; entrava no quarto, abria a janela, perguntava se estava tudo bem, repetia os mesmos gestos com fé desesperada. É claro, Júlia entendera que ele não pudesse ficar morando em São Paulo, que seria impossível abandonar o trabalho por mais de um mês. Ela podia cuidar do filho sozinha, e na verdade até parecera aliviada em ficar alguns dias sem o marido, que não tinha estrutura para o cotidiano, sobretudo aquele cotidiano inconcebível. Roberto passava o início da semana no Rio sozinho, no apartamento desfeito que acumulava lembranças e poeira — a filha ficara morando provisoriamente na casa de uma tia —, e na sexta-feira chegava no apart-hotel de São Paulo, para dividir com a mulher o silêncio e a dor.

Larga o corpo no sofá e dispara o controle remoto em direção à enorme tela da televisão para abafar as imagens que teimam em invadir sua mente: o carro derrapando, a marca dos pneus no asfalto quente, o corpo do filho em cima da maca rolando nos corredores do hospital do Fundão, "um rapaz, um menino", "mais um desses loucos no volante"... Se ele tivesse ficado, se não tivesse tanta pressa de voltar para casa... Sua cabeça lateja, martela no ritmo constante que ele já conhece bem. Mas dessa vez o som é diferente e, ainda de olhos fechados, ele estende a mão para pegar o telefone.

3

O que fazem os peixes lá em cima? Peixes ou girinos, não dá para saber ao certo. Ou espermatozoides. Eles rodam e rodam, numa espiral dourada e preta. Embaixo, o chão reflete pernas indo e vindo, apressadas, hesitantes. Perdidas. Mas, pendurados no teto, os peixes sabem exatamente aonde vão, e depois que se libertam do rodamoinho, seguem em fila indiana até a ponta do salão. E agora, não têm mais aonde ir. Pobres peixes.

Benjamin está com a cabeça inclinada para trás, olhando o imenso móbile que começa junto à parede lateral do saguão do hospital e termina em cima do quiosque do Café Viena, de onde vem o cheiro de café recém-feito. As mesas estão praticamente vazias. Apenas um casal conversa em tom confidencial, enquanto uma menininha loura

Adriana Armony

e cacheada aponta o teto e diz alguma coisa com a boca cheia de pão de queijo. Júlia procura alguma coisa na bolsa. Quando finalmente encontra um papel rabiscado e olha para o filho, o que vê a assusta. Sustentando um rosto muito vermelho, o pescoço de Ben está esticado para trás e suas veias estão saltadas. Com a inclinação da cabeça, a boca se abriu frouxamente, numa expressão idiota. Pela milésima vez, Júlia se pergunta: poderia dizer que aquele era mesmo o seu filho? Os pensamentos vêm em fila antes que ela possa espantá-los. A história de Espinosa sobre o poeta espanhol que perdera a memória: não se reconhecendo nos seus poemas e no seu passado, ele certamente não era o mesmo, mas se poderia dizer que era um outro? Outra pessoa, embora com o mesmo corpo? Porque uma pessoa era corpo e alma juntos, afinal corpo e alma são expressões diferentes da mesma substância. Não, certamente o corpo de Ben não era o mesmo, o cérebro mudara, as pernas estavam paralisadas, até o olhar era diferente. Mas como dizer que aquele não era o seu filho se ele já tinha sido o bebê roliço, o menininho de 3 anos chorando por causa do carrinho quebrado, o moleque de 6 de olhar radiante porque conseguiu ler sua primeira palavra, o garoto de 13 que esbarrava nas coisas com seus braços compridos demais, uma sucessão de corpos diferentes e ao mesmo tempo iguais. E havia o cheiro, o cheiro do seu filho por baixo de tudo, por baixo das roupas sujas da areia da escola ou do bafo das noitadas adolescentes...

Cuidadosamente, ela apara a cabeça de Ben e a ergue devagar, ao mesmo tempo aproximando o rosto dos ca-

Estranhos no aquário

belos dele. Uma mistura de cheiro de suor, roupa de cama usada e xampu. Está na hora da fisioterapia, e ela se apressa, empurrando a cadeira de rodas em direção aos elevadores. Benjamin olha fixamente a porta prateada, que treme levemente. Júlia pode ver o reflexo das suas sombras, dois corpos esperando. A porta se abre e eles são absorvidos e expelidos no terceiro andar.

Júlia gosta daquele corredor, que disfarça tão bem seu caráter hospitalar: o tapete à esquerda dos elevadores, a sala de estar sempre vazia, o chão brilhante, e, encaixados na parede, nichos de vidro que a intervalos mais ou menos regulares exibem obras de arte doadas por generosos mecenas (judeus, quase sempre): naturezas-mortas de pintores relativamente conhecidos, esculturas de uma estranheza calculada, como brinquedos engenhosos. Esses nichos lembram a Júlia aqueles globos de vidro da sua infância, que continham uma casa de conto de fadas sobre um tapete de neve, e que sacudia imaginando-se dentro deles, rodando, abençoada pelos flocos brancos de um eterno Natal. Mas Benjamin não os vê, porque concentra sua atenção em algo longínquo a sua frente, uma confusão de sons que vão se tornando distintos à medida que se aproximam.

— E então, como está esse rapaz bonito?

A fisioterapeuta fita mãe e filho com o ar forçado dos profissionais da saúde. É uma moça jovem, de rabo de cavalo. Atrás dela Júlia pode ver, à direita, as máquinas de musculação onde pacientes mais adiantados ensaiam a vida normal e, à esquerda, o posto que caberá a Benjamin: duas barras reluzentes para a recuperação do andar, algumas camas em frente a espelhos, com aparelhos de função irreconhecível.

Benjamin ficará em torno de uma hora sendo observado, monitorado e estimulado a fazer diversos movimentos, e cada avanço milimétrico será fartamente comemorado. É a parte física da recuperação, para Júlia mais palatável do que a mental. Nessa área, estavam sempre em terra de ninguém; postavam-se os dois em frente à neuropsicóloga, Júlia muito ereta, Benjamin sempre meio de lado, por mais que o virassem de frente. Era importante fazer o registro diário do que Ben deveria fazer. Uma agenda, uma agenda era fundamental. Seria bom também colocar uma lista bem à vista, colada no espelho do banheiro, por exemplo. Assim Benjamin se lembraria, exercitaria a memória, e o tempo de retenção poderia aumentar progressivamente. Mais tarde experimentariam fazer um filmete, como fazia a tal sumidade neuropsicológica de Londres: o paciente deveria trazer consigo uma câmera que disparava a um intervalo regular de alguns minutos, registrando os mínimos movimentos da sua vida, olhar para o teto ou pela janela, conversar com os pais, ir à fisioterapia, ir ao banheiro... e depois ele poderia ver o filme da sua pobre vida, e mesmo se reconhecer nele. Júlia não pode deixar de pensar que aquilo se parecia com uma obra de videoarte, e balança a cabeça horrorizada ante o pesadelo de uma exposição com o filmete do filho, indo e vindo na cadeira de rodas num vernissage de circo...

Estranhos no aquário

Mas havia uma outra estratégia para estimular a memória retrógrada, a dos eventos ocorridos antes do trauma, dizia a médica: apresentar fotos ou objetos ligados a eventos passados, para serem ordenados pelo paciente, reconstruindo-se a sequência esquecida. Benjamin ainda não conseguia se lembrar dos dias anteriores à viagem e, embora essa lembrança não fosse determinante para a capacidade de retenção da memória, qualquer avanço poderia ser significativo, sobretudo como auxiliar do diagnóstico. Nesse momento, a neuropsicóloga pedia licença, fazia alguns testes em Benjamin, que parecia se divertir com todo o joguinho. Eles saíam, Júlia empurrando a cadeira, e quando chegavam ao saguão, novamente debaixo do gigantesco móbile, Júlia perguntava a Benjamin, tentando ignorar que suas palavras mergulhariam no vazio: vai ser interessante fazer esse filmete, não acha?

Agora, com Ben entregue à fisioterapeuta, Júlia terá uma certa tranquilidade. Sente-se entorpecida, e pensa que nada seria mais reconfortante do que fumar um cigarro. Impossível, naquele ambiente asséptico, mas não pode se impedir de imaginar as enfermeiras revoltadas, "senhora, é contra o regulamento", enquanto os pacientes em recuperação, levantando os pesos com dificuldade, sentiriam os olhos arderem. Ela riria, balançaria os ombros, e daí, tudo já está tão embaçado, que mal podia fazer um pouco mais de fumaça.

Júlia se afasta ligeiramente, abrindo espaço para que as mãos da fisioterapeuta (pequenas e macias, uma fina aliança espremendo o anular) se apoderem da cadeira de rodas e levem Ben. Agora ela pode descansar um pouco, sentada em sua cadeira de mãe encostada à parede, junto com uma outra mãe, tomara que não dirija a palavra a ela, "o que aconteceu? Ele está se recuperando bem, demora, mas se Deus quiser, ah, meu menino, meu pobre pai, por que isso conosco, por que assim, Deus sabe o que faz". Júlia saca o livro da bolsa sob o olhar da senhora gorda de cabelos ralos, a tinta vermelha dos cabelos contrastando ridiculamente com o couro cabeludo branco. É um romance que vem tentando iniciar há dias, e agora se sente vagamente culpada porque não tem nenhuma relação com o problema de Benjamin, nada sobre doença, ou superação, ou maternidade, ou funcionamento neurológico.

Mesmo assim, Júlia abre o livro. Ela lê as páginas diligentemente, mas quando fechar o volume, dez minutos depois, não se lembrará de uma única palavra. Se lhe perguntassem no que estivera pensando durante esse tempo, teria dificuldade de explicar. Talvez fosse melhor definir com uma sensação: a de dois pés se enroscando nos dela, debaixo de um lençol fino, na cama precária de um quarto estranho.

4

Fazia quase vinte anos que conhecera Júlia numa festa. Nunca se esqueceria do seu ar absorto, seu riso inconsciente, da maneira como fumava soprando a fumaça displicentemente. Já tinha olheiras fundas, o cabelo permanentemente despenteado e a mania de colher os fios revoltos e torcê-los lateralmente, num esforço para domá-los. Estava numa roda de amigos, com o corpo apoiado num sofá, e quando foram apresentados nem mesmo se preocupou em fingir algum interesse. Isso soou a Roberto como um desafio, uma aposta que ele se apressou em ganhar. Era um rapaz mimado pelo sucesso com as garotas, terminando a residência num ótimo hospital e ainda por cima guitarrista de um promissor grupo de rock — ou pelo menos era o que achava. Só depois de alguns meses tentando compreender aquela mulher tão diferente de todas que tinha conhecido até então se deu conta de que dessa vez ele não tinha sido o caçador, mas a caça. A história do seu casamento era também a tentativa de corrigir esse mal-entendido inicial, de reassumir a posição que lhe era devida. Mas algo sempre lhe escapava, e ao mesmo tempo era isso que fazia com que ele mesmo não conseguisse escapar.

Com a doença de Ben, Júlia se parecia cada vez mais com a Júlia que conhecera há vinte anos. O círculo que a isolava e a absorvia tinha se acentuado, mas agora ela carregara Ben para dentro dele. E aos ciúmes que Roberto sempre tivera do filho se acrescentara um outro ingrediente, nascido da culpa e da dor. Não sabia ainda nomeá-lo, só que não se despregava dele, como um visgo.

Esticado no sofá da sala, de onde assistira a noite avançar, folheia os papéis de Júlia sobre Espinosa:

"Entretinha-se também algumas vezes a fumar um cachimbo; quando queria relaxar o espírito um pouco mais longamente, procurava aranhas e as fazia brigar entre si, ou as moscas que ele jogava na teia de aranha, e olhava em seguida esta batalha com tanto prazer que às vezes caía na risada."

Lê algumas páginas em que o filósofo aparece na plenitude de um bom humor injustificado, o que acaba por irritá-lo. Passa ao "Exame das tradições farisaicas, acrescentado com o Tratado da imortalidade da alma". As palavras estão na grafia original, e custa a desvendá-las:

"A Tradição, que se (aqui o s é quase um f, o que tem o efeito cômico de sugerir que o escritor sofria de língua

Estranhos no aquário

presa) chama lei de boca, não é verdadeira tradição, nem teve como princípio a lei.

"Prova-se primeiro: a tradição, que se chama lei de boca, é contrária à lei escrita, como parecerá pelos casos adiante referidos: dois contrários não podem estar sem repugnância, nem se pode dar verdade em ambos, logo a tradição repugnante à lei é necessário que seja falsa pois a Lei é verdadeira."

A demonstração é clara como matemática, mas lhe parece um pouco tola. Com efeito, tudo se baseava numa redundância: a lei é falsa porque é contrária à verdadeira. Passa algumas páginas e lê:

"Pergunto-te: quantas almas tem o homem? Tens jeito de dizer que três ou quatro, mas por alguma pequena vergonha do mundo é necessário que respondas que tem uma. Se o homem tem uma alma, ou toda ela morre, ou toda vive, e não pode morrer em parte e em parte viver. Por tua mesma boca confessas no teu capítulo 3 que o principal efeito da alma é vivificar a coisa que anima. A alma que anima o homem é a alma motiva e sensitiva, em que é semelhante aos brutos, e se esta alma morre nele e se extingue, aonde lhe ficou ao homem a outra alma?"

Não só as letras, mas também aquelas almas todas o confundem, e resolve abandonar os papéis. Precisa sair, ver o mundo dos corpos vivos, o mundo que lhe era reconhecível.

Na rua ainda se notavam os vestígios do rush: os espasmos dos carros acotovelados, as buzinas impotentes, o cansaço misturado à promessa do final de sexta-feira. Mas a promessa não era para ele, e nunca mais seria. O que o aguardava era um final de semana enorme e estático. Tentou se lembrar das palavras exatas que a mulher usara ao telefone, "estranhei você não ter ligado, Beto", a voz grave e pastosa de censura e amor. Cúmplices. Estranhamente, ele sentia como se ocultassem algum segredo inconfessável, vergonhoso. Como se Benjamin doente fosse a sua culpa comum e ao mesmo tempo sua única possibilidade de redenção. Mas a mulher não sabia, não suspeitava que talvez fosse ele o verdadeiro culpado. E ele era covarde demais para dizer isso a ela. E também, de que serviria? Benjamin continuaria doente, um manso paralítico boiando no próprio esquecimento, enquanto eles, o pai e a mãe, estariam mais destruídos do que antes. "Você vem amanhã, Roberto?", a pergunta fraca, cansada do próprio hábito. E sem esperar a resposta, porque Júlia só precisava mesmo falar, falar com alguém que se lembrasse depois do que ela tinha dito, "Hoje ele estava bem alegre, comeu sanduíche de atum".

A fileira de luzes dos postes se projeta numa reta invariável, dividindo a paisagem em duas faixas de escuridão. Um mundo organizado, um mundo em que a vida continua. Roberto precisa de gente, de um lugar em que a luz estoure em vozes, risos, expressões de reconhecimento e vida, não dessa reta muda de eletricidade e dor. Seus pés caminham na calçada escura em direção a esse lugar que não sabe se existe. Estava numa das avenidas principais do bairro, na qual a sua rua tranquila e protegida pelas árvores se enga-

Estranhos no aquário

tava com a indiferença de um felino. E agora lhe parecia quase irreconhecível aquele cenário que costumava ver através do vidro do carro: o mendigo aparado pelo muro não era só uma mancha indistinta entre os garranchos das pichações, mas uma garganta monstruosa que cheira a morte; a mulher de saia curta sob a luz fria do posto de gasolina era velha demais por trás da maquiagem; e os detritos das calçadas se enrolavam nos seus sapatos como gatas no cio. Quando chega perto da mulher, ela o interroga com os olhos, enquanto chupa um cigarro amassado. "Como quem desentope uma pia", vem-lhe a comparação. Ele para e aproveita para se abaixar e desenroscar do tornozelo um saco plástico que o incomodava, sem que percebesse, desde que entrara na órbita do posto. A mulher o observa, com o ar divertido de alguém que já viu os homens fingirem pretextos variáveis antes de abordá-la. "...Não, como quem mama", pensou, ao se erguer, e involuntariamente lança no ar um sorriso, que a mulher agarra como se fosse dirigido a ela. "Um programinha, senhor?", ela sugere, pronunciando "senhor" com uma inocência de colegial, embora a palavra, nos seus lábios pregueados de velha, soe irônica. "Obrigado, só estou de passagem", responde, ao mesmo tempo que sua mente é invadida pela imagem da velha abrindo as pernas, orquídea murcha na escuridão. Ele se afasta com passos largos, fugindo da excitação que o invade, mas é tarde demais: a imagem de Júlia já está com ele, seu corpo resistente sob o lençol, suas pernas longas que se abrem devagar, a rua se transforma no longo caminho que percorria em direção ao

Adriana Armony

âmago dela, ao caroço silencioso do seu corpo que, entretanto, nunca conseguia tocar.

E aí estava o conglomerado de cinemas. As vozes e luzes o acalmam, como se a agitação que havia dentro dele tivesse se exteriorizado, libertando-o. Há não muito tempo, aquele complexo de salas, livraria e café era um cinema empoeirado, uma verdadeira ruína; e antes disso, um armazém onde um português consumira toda a sua vida, e antes ainda um imenso matagal. A realidade era assim um palimpsesto, um acúmulo de camadas de tempo umas sobre as outras. Foi nesse momento, ao desviar de duas crianças que corriam entre as mesas do café próximo ao saguão, que se lembrou com nitidez de uma cena que esquecera completamente.

Estava com Benjamin, que devia ter uns 6 anos, na casa de praia em Angra onde costumavam passar as férias. Júlia estava indisposta, mas Roberto suspeitava que ela queria mesmo era ficar sozinha com seus livros, e levou o filho para caminhar na praia. Eram raras as ocasiões em que ficavam sozinhos, ele e o filho. O céu estava nublado e a extensão de areia, quase deserta. Ele explicava ao filho como se formavam as ondas, o ritmo das marés; falava da rotação do sol e da terra, da mecânica do dia e da noite e das estações; mas Benjamin examinava uma concha, o que o irritava enormemente, porque o menino não aproveitava as explicações, não se concentrava no que realmente importava. Ao contrário, ele namorava a concha que trazia bem apertada na mãozinha suada e gorducha, pois naquela

Estranhos no aquário

época Ben era um menino gordinho que comia muito bem; só depois começou a teimar e viver "só de brisa", como dizia a mãe. Benjamin de vez em quando abria a mão e contemplava a concha, um fragmento de brancura com alguns furinhos e nada de muito notável. Roberto havia se calado, amargurado, até que, depois de muito tempo, o menino levantou os olhos e perguntou: "pai, você viu se lá na Lua tem conchinhas assim?" "Na Lua, Benjamin? Mas como eu poderia ver alguma coisa na Lua?" "Ué, você não foi pra Lua? Mas você conhece tantos lugares!", disse, desapontado. Então viu, por um segundo, no olhar do filho, o tamanho que tinha para ele. E inesperadamente lembrou do próprio pai, depois do almoço, deitado na rede e ainda cheirando a cigarro, e dele mesmo olhando para aquele corpo enorme, querendo, imaginando desesperadamente que o braço peludo o alcançava e o puxava, a seu legítimo herdeiro. Mas isso nunca acontecia, e ele continuara a ser o moleque meio chorão que vivia fazendo e perguntando coisas estúpidas de criança, palavras estilhaçadas numa parede de mudez, enquanto esperava que o tempo lhe trouxesse alguns fios de barba ou uma barriga bonita como a do pai. Por isso ele fazia questão de explicar o mundo para o filho: para cobrir com as suas palavras o silêncio entre eles.

Mas Ben amava o silêncio, aninhado naquela conchinha branca e inconcebível, e ele perdia o seu tempo. Naquele momento, porém, viu no olhar do filho a mesma admiração, a mesma distância, o olhar dele mesmo dirigido ao seu próprio pai. "Não, Benjamin, eu não conheço tudo, apesar de continuar tentando." A sua voz era de derrota, estava começando a anoitecer, e voltaram para casa em silêncio.

Se pudesse voltar no tempo, não falaria nada disso. Diria, talvez: "Não, nunca fui à Lua, mas talvez essa conchinha tenha vindo com os astronautas que pisaram lá..." E um sorriso se abriria no rosto de Benjamin, e andariam de mãos dadas, as cabeças inclinadas protegendo-os do céu indiferente.

Mas o tempo não volta. O tempo não volta. E agora nada do que dirá ao filho fará a menor diferença. Mesmo que consigam se comunicar, nunca nada ficará gravado na memória de Benjamin, e seria como se nunca tivesse acontecido.

Tinha razões para ficar desanimado. Passara o período de amnésia pós-traumática, e agora tudo indicava que a lesão de Ben era realmente grave. Depois do trauma, sempre havia um período de alteração cognitiva mais intensa, que se caracterizava por desorientação, confusão mental, distúrbios de linguagem, agitação psicomotora e até alucinações. No início, ele se dizia que era muito cedo, que a perda de memória se devia à amnésia pós-traumática; que por isso Ben não guardava a lembrança do momento do trauma e de um longo período anterior ao acidente, e também por isso era incapaz de registrar e evocar novas memórias. Quando um mês havia se passado e Ben continuava sem conseguir se lembrar do que acontecera alguns minutos antes, ficou claro que o hipocampo sofrera algum tipo de lesão.

Por outro lado, sabia que nada era impossível para o cérebro: ele mesmo conhecia casos de desenganados que tinham

Estranhos no aquário

se recuperado plenamente. Ben estava sendo acompanhado por uma equipe competente, no melhor hospital do país. E havia uma série de técnicas que podiam auxiliar na recuperação da memória, desde a apresentação de fotos, lugares e objetos para estimular a organização das lembranças na linha do tempo até o treino com auxílios externos, como relógios, calendários e planilha de atividades apresentados sistematicamente ao paciente. As sequelas só podiam ser avaliadas com relativa segurança de quatro a seis meses após o trauma.

Mas agora esse prazo estava se aproximando perigosamente.

"Vai começar a sessão", gritou no saguão a mulher ao marido distraído que mastiga uma pipoca. Ela puxa-o pela mão e se incorpora à pequena fila que desliza no tapete vermelho. Velhotas, homens barbudos, mães bem penteadas e crianças indóceis cruzam o chão espelhado. Todas elas têm a cara de Benjamin.

5

De madrugada, as ruas sonolentas de garoa não pareciam as mesmas. Logo uma luminosidade baça cobriria o quadrado da janela com um azul espectral e Júlia, fumando o primeiro cigarro do dia, ficaria ainda mais atenta aos ruídos do quarto do filho. Em breve Ben acordaria e eles preencheriam o dia até o ciclo se completar com a chegada da noite. O que era a vida senão aquele contínuo dormir e acordar, e o que era toda noite senão a bênção do esquecimento? Um esquecimento que para o filho se estendia para além do sono, ocupando todos os recantos da sua vida imóvel.

E Ben sempre tivera uma inteligência tão inquieta! Embora não houvesse tanto a lembrar na sua idade, ele o compensava com uma mente extremamente viva, que enriquecia o que tinha acontecido com uma imaginação exuberante, e se movia do passado para o futuro com uma desenvoltura de pássaro.

Mas não era exatamente aquele eterno presente o que estava mais próximo da eternidade? Não se sente imortal o adolescente que vive quase sem história e num presente infinito? Podia ver o filho falando, os olhos arregalados, como se o mundo pudesse fugir se não os abrisse até o fim: "Só o presente existe, caramba!" Na mesa de jantar, ela respondera que todo presente contém em si o passado e o futuro. Era como Santo Agostinho dizia — que todos os tempos são o presente: o presente do passado; o presente do presente; o presente do futuro. E eles estão na alma, e não em outro lugar. "O presente do passado é a memória, o presente do presente é a percepção, o presente do futuro é a expectativa." Faltando-lhe parte da memória, um passado que continuamente o renovasse, Benjamin era basicamente percepção e expectativa.

Ilhado naquele eterno presente, Ben estava ao mesmo tempo congelado num passado cada vez mais distante, embora não tivesse a consciência disso... Só os outros a tinham; os outros, esses fantasmas que giravam em volta dele com fisionomias vagamente familiares, nas quais brilha vez por outra uma chama — até o estupor voltar, a contemplação de uma aranha sobre o papel de parede, das cortinas, a sombra da mãe, seu hálito de café. "Cheirinho

Estranhos no aquário

de mamãe!", gritava Ben quando era pequeno e ela vinha beijá-lo de manhã... Pegou a xícara de café gelado, molhou os lábios — não, não havia consciência, mas ela sabia que seu filho estava ali, como um bebê abortado que se recusa a morrer. E ela, ela também estava suspensa naquele eterno presente. Lembrou-se de Benjamin bebê, deitado no berço e agitando os braços enquanto olhava o móbile de carrinhos girando, girando, sem nenhum objetivo além do próprio movimento. Ben ficava vidrado nos carrinhos coloridos, mas aos poucos ia fechando os olhos, cada vez mais grogue, até adormecer. Ele tornara-se de novo esse bebê, e ela tomara o lugar dos carrinhos, girando e girando, incansável, inutilmente.

Júlia bate o cigarro, que deixa rastros dourados no cinzeiro. Estica um pouco mais o braço e alcança o livro de neurologia. Abre-o na página interrompida e lê:

"De modo geral, os seguintes prejuízos cognitivos podem ser observados após a ocorrência de um TCE (Traumatismo Crânio-Encefálico): alterações do nível de consciência, atenção, memória, capacidade de aprendizagem, problemas de iniciativa e manutenção de ações psicomotoras, organização, engajamento em ações voltadas para um propósito, autossupervisão e crítica sobre os próprios déficits, prejuízo da linguagem e comunicação. Pode-se observar ainda: déficits viso-perceptivos, agitação psicomotora, agressividade, desinibição do comportamento e distúrbios do humor (depressão, labilidade emocional). A natureza, gravidade e

Adriana Armony

cronicidade destes déficits são altamente variáveis entre os indivíduos e dependem da interação de diversos fatores, incluindo o tipo da disfunção cerebral, tempo de lesão, perfil psicológico e neuropsicológico prévios, suporte familiar e condições dos ambientes físico e psicossocial nos quais o indivíduo está inserido."

Pula algumas páginas e continua: "O paciente amnésico grave pode ter a tendência a confabular. Eles retêm apenas alguns poucos fragmentos de forma desorganizada, e por isso fantasiam."

Larga o livro. Alguma coisa se movera lá dentro. Chupa com força o final do cigarro e vai até o quarto. Benjamin tinha acordado e fitava sentado uma abelha que passeava na parede. Quando viu a mãe, abriu um sorriso largo e fez "pssst", enquanto acompanhava o tartamudear do inseto sobre as pequenas flores do papel de parede. "Ela acredita na concretude da flora." "Filho", ela disse. "Mãe, a minha perna está dormente. E hoje eu tenho que me externar. Não é hoje o ano-novo?" "Não se preocupe, filho, tudo vai ficar bem. Daqui a pouco é a hora da fisioterapia." Ele pareceu não entender. "Ela telefonou?" Júlia atravessa o quarto, abre a janela. Ben está de novo olhando a abelha e sorrindo. "Uma dor excruciante exala da picada de abelha", disse para o ar. Quando tinha 5 anos, ele fora picado e chorara copiosamente nos seus braços, enquanto ela apertava a perna ferroada e esperava Roberto chegar para assumir profissionalmente a sua dor.

Estranhos no aquário

Um raio de sol fura as nuvens. A manhã avança, as nuvens se esfiapam, e com elas o rosto de Roberto também se desfaz. Júlia esfrega as mãos na camisola, faz um carinho distraído no cabelo do filho. Precisa preparar o café. Antes de sair do quarto, olha pela janela uma última vez.

6

A sala está submersa no escuro quando Roberto abre a porta. Contrariamente aos seus hábitos, ele não acende as luzes de imediato; fica respirando ruidosamente, até conseguir distinguir os vultos da mesa, do aparador, do sofá, de tudo aquilo que antes lhe era tão familiar e agora lhe pareciam ruínas de uma casa alheia. Ele bate a porta, retira a chave da fechadura (como quem arranca uma faca, pensa) e vai direto ao quarto de Ben. A um toque do interruptor, uma luz impiedosa mostra a cama mal-arrumada, com uma mancha de baba no lugar onde costumava ficar a boca aberta do filho. Alguns CDs e livros espalham-se pelo chão e pela cama desordenadamente — há algum tempo Júlia tinha desistido de fazer o filho arrumar sua bagunça adolescente. O cheiro do quarto é uma mistura de mofo com algo azedo, rançoso. Um violão jaz abandonado num canto, a capa preta coberta de poeira. Uma porta do armário ficou aberta como um tributo ao momento em que as roupas de Ben foram arrancadas e enfiadas na mala (quem tinha feito aquilo? Já não conseguia lembrar).

A lembrança vem violenta: no violão, a mão nodosa do filho, dedilhando os acordes simples de uma música familiar. O armário que viu o filho se arrumar tantas vezes, de forma calculadamente casual, o chão que guarda as marcas dos pés calçados, de meias ou descalços dos amigos e amigas; os gritos de "já vou", "não enche", "até parece" ainda ressoando nas paredes; o quarto torna-se um mundo povoado, saturado, não só pelo corpo e a história do filho, mas de todas as pessoas que passaram por lá, as tristezas, o gozo, o tédio, o acúmulo absurdo de todos os sentimentos transitórios e fadados a morrer. Nunca mais um objeto será só um objeto, nunca mais um lugar será apenas um lugar.

Afinal, o que tinha vindo fazer naquele quarto? Num movimento de irritação, prepara-se para sair, mas ao virar-se na direção da porta percebe o painel de fotos acima da escrivaninha, fotos que contam a história de um passado e de um futuro que agora estão mortos: Benjamin de peruca loura encaracolada, magriço e sorridente, posando com dois amigos mais altos e corpulentos do que ele, vestidos de havaianos; Benjamin e Júlia em frente à quadra de tênis do clube, ela séria e ele fazendo uma careta; um grupo grande de amigos com rostos vagamente familiares numa pose de escola; fotos de Benjamin invariavelmente abraça-

Estranhos no aquário

do com André, seu melhor amigo. Em nenhuma das fotos ele, o pai, aparece. No centro do painel, uma foto muito manuseada mostra uma garota de olhos vivos sorrindo um pouco contrariada, como se tivesse sido fotografada inesperadamente e temesse o que a foto poderia revelar. Roberto podia imaginar Benjamin pulando de alegria na frente dela e dizendo "te peguei no flagra!" ou algo parecido. À direita, a menina aparece de novo, numa pose pensativa, olhando alguma coisa ao longe, os cílios compridos fazendo sombra nas bochechas.

Roberto pega a foto da garota olhando para o infinito para examiná-la de perto, quando nota que há algo escrito no verso. O garrancho irregular não parece a letra de uma menina: "Para o arauto do bem, da sua Maíra Traíra (rá rá)."

Maíra frequentava a casa deles há algum tempo. Era colega de Benjamin na faculdade de Filosofia, um pouco mais velha que ele, e tinha ficado encantada ao saber que Júlia se especializara no século de ouro da Holanda, mais especialmente, na trajetória de Espinosa. Benjamin ficava ainda mais aéreo quando Maíra aparecia para ouvir música ou tomar um café com ele e com Júlia. Uma vez Roberto chegara ao cúmulo da exasperação quando percebeu que Benjamin, na presença da garota, não só deixava de provocá-lo, mas também mal notava a sua presença, a ponto de uma vez quase se sentar em cima dele no sofá. Fora com Maíra e mais alguns amigos que Ben fora para Búzios passar o réveillon.

Mas que história era aquela de arauto do Ben e de Maíra Traíra? Com certeza alguma brincadeira só deles, um jogo de palavras que revelava a cumplicidade de uma ironia partilhada. Palavras que transpareciam um desafio, além de certo coquetismo.

Roberto prende de volta a foto no painel, com o sentimento de ter violado correspondência. Mas em cima da escrivaninha, uma pilha de papéis é tentadora demais, e sorrateiramente (uma vez só não teria problema, afinal), como se alguém pudesse surpreendê-lo a qualquer momento, puxa uma folha coberta de uma letra miúda e nervosa, a letra do seu filho.

Era obviamente um rascunho: começava com o nome "Maíra" — ou melhor, "Querida Maíra", com um risco em cima do "querida" —, e prosseguia numa espécie de declaração de amor envergonhada. Não conseguia entender muito da carta, trechos como "naquele dia que você falou sobre a sua mãe" eram irrecuperáveis, e havia também toda uma discussão vagamente filosófica envolvendo Espinosa e o domínio das paixões: "Sim, para evitar o sofrimento seria preciso dominar as paixões, mas se o próprio Espinosa afirma que os afetos passivos são mais fortes que os ativos, o que deveríamos preferir: uma vida tranquila mas morna, ou uma vida tumultuada mas intensa?" É claro que Benjamin já tinha feito sua escolha e tentava convencer sua amada, arrastá-la com suas palavras, que, no entanto, começavam a fraquejar lá pelo meio da página, as frases se interrompendo no meio, como que contrariadas.

Também Roberto se sentia exausto. Sentou-se na cama de Ben, tirou os sapatos, reclinando-se numa gorda almofada e notando de passagem um pequeno furo na sua meia direita,

Estranhos no aquário

e quando estendeu a folha que vinha lendo para pousá-la na mesa de cabeceira, viu que no verso Benjamin rabiscara uma espécie de conto. Passou os olhos pelas metáforas, de uma morbidez inesperada para aquele menino tão falante e sonhador: um homem que come os próprios órgãos, o vermelho de um homem baleado, tocos no lugar de dedos, o buraco de um olho.

E então, dentro daquele buraco, ele viu o filho. Era como se o visse pela primeira vez: um rapaz magro, aparentemente frágil, mas de olhar vivo. Trazia numa das mãos a folha com o conto e na outra um cajado, como um profeta. Estava numa praia, sob um sol ofuscante. Ben se agachou e revolveu a areia, que se confundia com as suas mãos brancas. De dentro dela, puxou uns cabelos negros de mulher, ou de uma menina, era impossível saber, porque o rosto estava enterrado. Ele acariciava os cabelos emaranhados de areia e cantava baixinho uma música de ninar. A música foi ficando mais alta até que pôde distingui-la: "Boi, boi, boi, boi da cara preta, pega essa menina que tem medo de careta." Ah, era mesmo uma menina. O vento soprava, se misturando com as palavras. Ben se levantou, sacudiu a areia do corpo, tirou uma maçã do bolso e começou a comer com apetite inesperado. Depois se sentou como um iogue e começou a cobrir-se com a folha que trazia na mão, que ia crescendo, se ampliando, até se tornar uma espécie de tenda, como num oásis. De algum lugar de fora da cena, soou a contagem regressiva: dez, nove, oito, sete... — mas antes de chegar ao um, Roberto teve um sobressalto e despertou.

7

O cheiro de pão de queijo enche o saguão. Estão novamente diante do Café Viena, sob a fila de peixes-espermatozoides, mas desta vez não vê a menina de cabelos cacheados. As mesas estão ocupadas por senhores e senhoras mais ou menos idosos, tomando seus cafés expresso e tortas *diet*. Júlia se dirige para uma mesa de canto. Ainda está cedo para a consulta e quer que Ben prove um daqueles pães de queijo recém-saídos do forno. Na frente do caixa, há uma pequena fila. Ela deixa a cadeira de Ben em frente à mesa e vai até lá. Enquanto compra e pega o saquinho com os pães de queijo — crocantes, quentinhos — acena várias vezes para Ben, que às vezes responde com um movimento da cabeça. Parece muito compenetrado, com as mãos brancas espalmadas contra o preto da mesinha.

— Humm, querido, olha que delícia...

Ben pega os dois pães de queijo, um com cada mão. Olha para Júlia e, devagar, abre um sorriso. Aquilo a inunda de alegria.

— Vai comer os dois? O meu também?

Ela espera sorrindo. Ben estende o braço e quase enfia o pão de queijo na mão de Júlia.

— Quer? Almofadinha boa!

— Obrigada, lorde. Se você ficar com fome, depois te compro outro. Mas não podemos demorar, está quase na hora da gente ver a Dra. Lúcia.

— Dra. Lúcia? Pra quê?

— Por causa do seu acidente, querido. Lembra? Você está se tratando.

— Acidente? E o ano-novo? Não vou poder ir pra Búzios com a população?

Júlia tira a agenda da bolsa e abre no dia 3 de abril, um dia antes da sexta-feira em que estavam.

— Olha só o que você escreveu aqui. — Puxa a cadeira para perto do filho, e enquanto aponta para a página sente os pelos do braço dele, leves como cílios. — Ele lê alto, devagar: "Fui no hospital e fiz ginástica. Tive um acidente e tem buracos na minha cabeça. Mamãe falou que estou melhor."

— Quem escreveu isso?

— Foi você, meu amor. A neuropsicóloga pediu para fazermos uma agenda, que aos poucos você vai se lembrando. Bom, vamos, já está quase na hora.

Estranhos no aquário

Ben faz de novo aquela cara perplexa de quem tenta processar o que acaba de ouvir. Julia se apressa para pegar o elevador, antes da porta se fechar. Uma mulher elegante aperta o botão de abrir porta. As duas trocam um olhar de compreensão mútua e ficam mudas até chegarem ao andar da médica de Ben. Só então Júlia diz obrigada. Ao sair, se dá conta de como está apertada para ir ao banheiro.

— Mãe, não é por essa trilha.

Júlia olha o filho com espanto. Como ele podia se lembrar do caminho que tinham feito dias atrás? Mas ainda não quer comemorar, sabe que não pode. Ela pergunta:

— Por onde é, Ben?

— É pelo corredor, lá na terminação.

— Como você sabe? Ah, querido, você lembrou! — Júlia inclina o corpo e encosta o rosto no ombro do filho. Um médico passa ao lado deles, diminui o ritmo das passadas enquanto olha para os dois, intrigado. Uma enfermeira empurra uma maca vazia e Júlia tem de chegar a cadeira de Ben para o lado para dar passagem.

— Preciso dizer isso à doutora.

Começa a andar, praticamente correr até a sala da médica. Tinha esquecido que não era permitido correr assim nos corredores do hospital, tinha esquecido que precisava ir ao banheiro. Enquanto corre, repete algumas vezes, sussurrando para si mesma, como quem não quer deixar as palavras escaparem — "ele se lembrou, ele se lembrou".

Quando chegam, a porta está semiaberta. Um casal vem saindo da sala: o marido, um homem grande, ampara a mulher, que chora silenciosamente. Sem poder esperar, Júlia bate na porta discretamente.

— Dra. Lúcia? Desculpe, já podemos entrar?

— Só um momentinho, estou acabando de tomar umas notas. — E depois de uma pausa: — Podem ir entrando, se quiserem.

A médica, uma mulher jovem e agradável, lhe lança um olhar rápido de curiosidade. Júlia entra, empurrando a cadeira de rodas como um troféu. Senta-se ao lado do filho, pega a mão dele entre as suas.

— Me conta, como vai o Ben? Temos alguma novidade?

— Doutora, acho que ele se lembrou daqui, do hospital.

— Mas que boa notícia! Como foi isso?

— Ele lembrou onde ficava a sala. Eu ia ao banheiro e ele disse que não era por ali, que era no final do corredor.

— É um bom sinal. Significa que a memória processual, que é aquela que envolve hábitos e habilidades motoras, não foi afetada.

— Mas e a memória mesmo?

— Você quer dizer a memória verbal, declarativa? Ainda não temos como saber ao certo. — E voltando-se para Ben, que olhava na direção da janela: — Benjamin, você sabe o que está fazendo aqui?

— Você é a médica que operou meu braço. O que foi que eu estilhacei agora? — Olha as próprias pernas, acaricia as rodas da cadeira. — Foi a perna?

— O Ben quebrou o braço quando tinha 12 anos, jogando futebol — explica Júlia.

Estranhos no aquário

— Você lembra desse hospital, Ben?

— Vim aqui há algumas décadas.

— Veio sim, mas não faz tanto tempo.

— Parece que fiquei com uma metade de esquecimento...

A doutora consulta alguns papéis, enquanto lança breves olhares para Júlia, que parece decepcionada.

— Hoje vamos fazer novos exames para que possamos redefinir o programa do Benjamin. Não se preocupe, ele está indo bem, principalmente na fisioterapia. E como você percebeu hoje, está desenvolvendo o que chamamos de um "senso de familiaridade", a memória processual que envolve hábitos: domina razoavelmente o espaço do hospital e até reconhece algumas pessoas que não conhecia antes do acidente, embora costume confundi-las com pessoas do passado.

— Não significa que ele está registrando as memórias do presente, então?

— Não necessariamente. Mas a recuperação é lenta mesmo, e varia bastante segundo o paciente. Precisamos de pelo menos seis meses para avaliar com alguma precisão.

E virando-se para Benjamin, que tamborilava na mesa enquanto olhava pela janela:

— Vamos para a outra sala?

Ben solta a mão de Júlia e diz, apontando as nuvens cor de chumbo:

— São as *Cumulus nimbus*. Daqui a pouco vão cair do céu.

8

Eis a história do homem que come os próprios órgãos.

Sua vida é um aprendizado.

Ele aprende tudo o que diz respeito ao tato.

Percorre com a ponta dos dedos o quente e o frio, e sente o ar queimar-lhe como uma chuva de fogo;

Depois sente o duro e o mole, e cada pensamento é como uma pedra que lhe cai em pleno rosto;

E cada voz é um colchão de penas que sucumbe ao seu corpo;

Então o áspero adere a si e o impede de se mover;

Então o liso o faz escorregar mesmo nos rostos que se fecham em caixas coloridas;

E aprendendo sempre vai chegando a hora de comer as pontas dos dedos.

E as come; e inicia o aprendizado da língua.

Experimenta todas as cozinhas do globo, aprende com a ponta dupla da língua a graduar o sal e o doce, o amargo e o azedo;

E prova o inglês com as suas sobrancelhas levantadas, e o francês estirando os beiços, e o russo como quem desliza;

E por fim deglute o lábio inferior; e começa o aprendizado dos olhos;

E sempre examinando o redondo e o comprido, e a luz e a sombra, e as abscissas e ordenadas das curvas dos seres;

O vermelho dos homens baleados, e o azul do céu que rouba o amarelo do dia;

Mastiga o olho direito.

E dá por terminado o primeiro ato.

Pretende então sair à rua; este homem que tem tocos no lugar de dedos, e apenas um lábio a figurar qual bigode sem boca que proteja, e de um olho só.

Nas ruas o mundo é de ontem; um ônibus cortou um carro bravamente, o motorista sorriu e a pobre velha galgou os degraus com os olhos pregueados.

Um menino gritou um nome e correu; pessoas conversavam cheias de cotovelos e joelhos, uma britadeira de súbito se calou.

O homem que come os próprios órgãos sai do elevador; ele vê uma criança com uma bola, que fita longamente o buraco do seu olho direito e grita triunfante para a mãe, mãe, olha o homem sem olho, e os olhos da mãe são culpados mas logo depois lentamente o preto dentro deles se

Estranhos no aquário

move e se abre como uma flor negra, e o homem que já viu quase tudo tenta fitar essa flor estranha, mas as pálpebras rapidamente a escondem.

O homem que come os próprios órgãos se detém, e pensa: quem sabe se não me engano, nesse caso é melhor esperar um pouco mais.

Mas não espera; a estranheza o incitara a prosseguir, oferecendo uma face e ao mesmo tempo escondendo a outra, como a Lua.

E pensa ainda: talvez conheça mesmo muito pouco acerca do tato e da língua e da luz e da sombra; este seria o caso de palitar os dentes e tudo refazer, embora isso deva ser impossível.

Portanto palmilha o olfato com os pés, e aprende a distância e a direção, e o tempo que se precisa para andar;

E come os pés; e depois as pernas, e os braços que quase tudo haviam tocado e comunicado, até que o olho esquerdo some-se também no estômago e por fim o próprio estômago desaparece em si mesmo como num ralo.

Apenas solto na sua altura própria restou o coração, que batia regularmente, tum, tum, tum, tum;

E tinha a forma e o aroma de uma flor negra.

9

Na semiescuridão, um corpo estranho ressonaria. Não conhece a sua pele, não sabe nada da sua boca, das rugas. Ou melhor: só sabe da boca o que a saliva dá, e das rugas a textura, os percursos difíceis. Não sabe por que estão lá, que expressões infinitamente repetidas, que espantos e infelicidades as produziram, incansáveis como as ondas que esculpem as pedras na beira do mar, no leito de um rio. O quarto seria simples, a cama limpa, os lençóis cheirando a naftalina. E haveria o consolo das horas brancas, passando como as águas daquele mesmo rio, que não se sabe de onde vêm ou para onde vão, apenas correm, frescas ou em torvelinho, trazendo à superfície pequenos insetos, folhas secas, galhos desprendidos de uma árvore qualquer.

Essa visão a acalma, a fortalece. Também no quarto, junto do filho, flutua dentro de algo que não sabe de onde vem ou para onde vai, este presente perpétuo no qual uma abelha, um papel de parede e o corpo querido do filho se repetem, sempre iguais e sempre diferentes. A ela cabia executar os gestos devidos, o papel devido, sem questionar; a ela cabia a espera, a vida suspensa nos braços do desespero.

Roberto, não; Roberto lutava, contido e furioso, para que as coisas se movessem numa direção precisa, indiscutível. No último telefonema, ele lhe dissera que procuraria objetos e pessoas, qualquer coisa que pudesse despertar as associações perdidas e com elas o fio inteiro da memória de Ben: o que acontecera naquele ano-novo, o porquê do acidente, qualquer migalha que servisse como isca, que carregasse consigo outros objetos, inesperados ou estranhos, que povoariam novamente, miraculosamente, a mente de Benjamin. Se ele os visse, suas lembranças mais recentes poderiam vir à tona; afinal, o cérebro era um mistério, com suas partes flexíveis, sempre capazes de se adaptar a novas funções...

A força de Júlia, ou sua fraqueza, era de outra natureza. Sentia-se encerrada naquele quarto como na própria vida e levava o filho ao Hospital Hannah Arendt como quem se entrega ao destino. Os pequenos avanços ao mesmo tempo a enchiam de esperança e do seu oposto: como se a esperança fosse algo ligeiramente obsceno, como se a esperança negasse o amor que deveria ter pelo filho fosse qual fosse a circunstância. E Roberto era a abelha que ela via se agitar entre as flores do próprio desespero. Por isso,

Estranhos no aquário

a relação entre os dois ganhara contornos de irrealidade e agora se sustentava inteira em alguns hábitos antigos, tranquilizadores: Júlia perguntando pelo dia do marido sem se interessar muito pela resposta, os gestos de rotina, que se reacomodaram com surpreendente rapidez à nova situação, o amor cada vez mais raro procurando os pontos conhecidos, os sons esperados, os corpos que nunca mais seriam os mesmos, mas que se esforçavam para agir como se fossem.

Quando estava sozinha na cama, assaltava-a cada vez mais aquela imagem de um corpo estranho num quarto nu, o sol vindo aos poucos e se refletindo nos lençóis cheirando a naftalina. Era uma imagem que a tranquilizava, na qual se reconhecia. Sabia que nunca seria partilhada, e era isso que a fazia tão preciosa, tão rara.

Ouve os passos do marido com um arrepio. Em breve estará nos seus braços, e sente que o desconhecido, e não o marido, é o verdadeiro traído.

Mas estranhamente, ao lado dos passos de Roberto, percebe um arrastar difícil.

10

— Ben, você tá aí?

Maíra esperou alguns segundos até a penumbra se coagular em volumes reconhecíveis e avançou dois passos. Na cama, a silhueta de Benjamin se moveu — devia ter acordado há pouco e seu cabelo ondulado se erguia em um topete cômico. Ele ficou imóvel por alguns instantes e quando ela avançou um pouco mais, recuou como se pudesse ser atingido por uma bala. De repente, sua fisionomia se iluminou; ele estendeu os braços e depois os deixou cair.

— Você tá me reconhecendo?

Ben a fitou com olhar estúpido.

— Como eu não ia reconhecer? — Ele dá um salto. — Espera, é hoje?

— Hoje?

Adriana Armony

—É hoje que vamos empreender a viagem rumo ao novo ano?

Maíra olha para os lados, perdida.

—Mas, Ben, o ano-novo já passou. Estamos em abril!

Ben olha para o próprio corpo coberto. Levanta o lençol e dá uns tapinhas na perna.

—Por que não estou sentindo nada?

Maíra vai até a poltrona ao lado da cama junto à janela, onde Júlia costuma se sentar. Um vento quente enfuna as cortinas, asas brancas num céu de chumbo.

—Ben, escuta. Você sofreu um acidente. A gente tava em Búzios, lembra?

Ele a fita perplexo, coça a nuca. A boca parece meio torta; o rosto está emaciado. Meu Deus, quem era aquele? Onde estava o Benjamin falante e inquieto, que parecia ter quatro mãos que nunca sabia onde pôr? "Ei, Mairinha, deixa eu ver esses dedinhos formosos... Você borda ou toca piano? Ah, nada disso, ela é uma mulher do século XXI, uma garota séria concentrada durante horas em frente ao computador, para descobrir os meandros da mente..."

Ah, não devia ter aceitado a proposta do pai de Benjamin. A expressão de Júlia quando a viu entrar lhe dera a certeza do seu erro: seu rosto parecia de cera, um rosto onde não havia nenhum vestígio daquele que costumava observá-la com interesse, enquanto lhe contava como Espinosa trabalhava com as lentes ou discutiam uma passagem da *Ética*.

Ela engole em seco e faz um esforço para continuar.

Estranhos no aquário

— A noite estava linda, e quando deu meia-noite....

Benjamin continua batendo na perna, agora distraído, como se tivesse esquecido por que o fazia. Ela estende a mão e toca a pele do braço dele, que tem a consistência viscosa e gelada de um sapo. Mas vence a repugnância e avança resoluta em direção ao ombro e ao rosto dele, que agarra com as duas mãos e vira na sua direção — e nesse momento lembra como fazia o mesmo quando a mãe não lhe dava a atenção que exigia, embora o movimento da criança fosse brusco e o seu, agora, extremamente delicado.

— Que vestido *hermoso*. Esta alcinha magrinha... deve ser filha do alce! E você, Mairinha, você é uma gazela...

Havia, sim, algo do Benjamin antigo nesse novo Ben. Ele sempre fora apaixonado pelas palavras, que revirava como se fossem peças de um jogo de armar, mas essa característica tinha se acentuado até o ridículo, e até o grotesco, considerando a sua nova condição, da qual ele parecia não ter a menor consciência.

Maíra recomeça:

— Ben, você tem que se lembrar. Os fogos de artifício... Eu, você, o André, todo mundo... Aí você veio e me abraçou...

Ele a fita e uma luz de reconhecimento atravessa por um instante seu olhar: "Maíra, traíra", ela sente que Ben está prestes a dizer, como antes, mas agora ele a olha perplexo, o nome não lhe vem à cabeça, embora saiba, saiba, saiba exatamente quem ela é, e que em breve estarão juntos numa festa.

— Ué, o ano-novo já sucedeu? Eu te enlacei e sou agora seu consorte?

Benjamin sorri, encantado.

— Não sei se com sorte ou sem sorte... — Maíra não resiste ao trocadilho, e acrescenta, sem graça: — Nós ficamos juntos, sim.

O vento quente levanta novamente a cortina, que se interpõe entre eles, "Uma noiva!", Ben grita, feliz, e ela ri, "Estrutura-se o noivado", e agora ele pegou a cortina e a examina detidamente, sente os furinhos do tecido leve entre os dedos ossudos (aqueles calombos duros que sempre a haviam impressionado), "mas que cortinas são essas, que lugar é esse?", Maíra lê no seu rosto.

Ela se levanta, parece ter tomado uma decisão. "Vem cá, Ben". Os olhos dele se erguem interrogativos, e ainda esfregando a cortina entre as mãos ele a vê: contra a luz artificial dos faróis que riscam a noite, o ombro nu, os seios redondos quando o vestido cai, revelando a curva da cintura, a linha suave dos quadris. "Mas o que você está criando?", ele diz. "Você se lembra agora, Benjamin?" Maíra está quase chorando, um dos braços sobre a barriga, o outro meio que esconde um seio, mas Ben não consegue desviar os olhos da sua boca, há algo que treme nos lábios dela, e ele só tem tempo de balançar a cabeça de um lado para o outro enquanto se fixa na sua barriga estufada, como se a cortina estivesse soprando era dentro dela, até que Maíra enfia de novo o vestido e sai.

11

Quando Júlia acorda, seus pés estão gelados. Roberto devia ter reduzido a temperatura do ar-condicionado durante a madrugada, porque quando foram se deitar não estava tão frio. Roberto e Júlia haviam conversado um pouco sobre o encontro entre Ben e Maíra — ela tinha saído às pressas e não sabiam o que havia acontecido, mas na hora de dormir Ben estava ligeiramente mais agitado do que o normal, embora não conseguisse dizer o que o incomodava e nem mesmo lembrasse que Maíra estivera lá —, e pouco depois Roberto tinha adormecido, nocauteado, sem mesmo tirar a roupa do corpo. Júlia fumara o último cigarro, acompanhando o percurso da fumaça na direção do céu sem estrelas enquanto pensava em Ben, em como ele tinha se deixado fascinar por Maíra.

Tinha observado silenciosa o filho agitando-se em torno da primeira paixão, loquaz e desesperado, sentindo-se o primeiro e o único a saber o que era um coração derretido e louco, tapeando os outros com indiferença algo cômica, e a si mesmo com um orgulho inflamado e falso. Júlia tinha de dosar sua ternura de mãe com muito tato e, ao mesmo tempo, disfarçar o despeito feminino que não conseguia deixar de sentir.

E agora ele nunca saberia aonde a paixão iria levá-lo. Não conheceria as delícias, as torturas, os enganos, o estranhamento, o desgaste. Se encontrasse mais uma vez com Maíra, como Roberto queria, seria sempre para vê-la pela primeira vez depois do acidente, uma, duas, mil vezes pela primeira vez. Era comovente pensar que o seu primeiro amor permaneceria assim intacto, imune às variações do tempo.

Naquela noite, tinham trocado poucas palavras, mas o suficiente para Júlia perceber que algo mudara: entre elas florescia agora uma espécie de rancor. Talvez porque Júlia não conseguisse perdoar que Maíra continuasse saudável, enquanto Ben parecia um pastiche de si mesmo. Mas Júlia se dizia que deveria sentir-se grata por Maíra ter aceitado a proposta de Roberto de conversar com Ben, mesmo assustada como estava. Não devia ser fácil para uma menina ainda nova ver o amigo que há poucos meses a cobria de atenções com uma mente tão estranha e mutilada.

Estica um pé na direção da coxa do marido para se aquecer, e é só naquele momento que nota que ele não está ali, debaixo do edredom.

12

No banco de trás do carro, Benjamin olha pela janela. Sombras atravessam a estrada, silhuetas de casas, árvores baixas, animais flutuando na semiescuridão, tornando-se nítidos à medida que a faixa rosa de aurora se amplia no horizonte. Alguns fios de cabelo do pai escapam de trás do encosto da poltrona do motorista. Ben estende os dedos e toca levemente neles.

— Acordou, filho?

Não sabia se tinha feito a coisa da forma correta, mas no fundo não se importava. Só tinha um pouco de pena de Júlia: ela acordaria, colocaria os pés frios no chinelo e os arrastaria até a porta de Benjamin, notando de passagem que o marido já havia acordado. Então veria perplexa a cama desarrumada, o bilhete na mesa de cabeceira.

Roberto liga a música em alto volume. Ultraje a Rigor: "Ô ô ô ô, eu gosto é de mulher!"

— Você também gosta, não é?

— Eu gosto é de mulher?

— Quero dizer, da música. Fui eu que te apresentei. — Ben devia ter uns 8 anos quando começou a se interessar por música. Roberto entregou uns dez CDs para o filho escutar, dizendo que infelizmente não tinha mais tempo de ouvi-los, preferia música clássica, que o acalmava durante as cirurgias.

Benjamin não responde, apenas balança a cabeça alegremente no ritmo da música. Aparentemente não se lembra que a essa hora deveria estar no seu quarto, onde a mãe em breve entraria, trazendo consigo o cheiro familiar de café e de cigarro. Tomar café da manhã, escovar os dentes. Ir para a fisioterapia no Hannah Arendt.

— Ei, estamos nos deslocando para a pousada?

— Como você sabe, Ben? — Roberto virou o rosto, assustado, e quase perde o controle da direção.

— Eu sei, eu sei! — Benjamin parece eufórico. — O milênio vai inaugurar!

Ah, não, ele pensa que está indo passar o réveillon em Búzios. É o ponto do passado em que ele se fixou, antes da perda da memória. Tem o impulso de explicar: não, Benjamin, estamos em abril. O ano-novo passou, estamos tentando recuperar sua memória. Mas não é isso que diz. Para sua própria surpresa, pergunta:

— Você está muito animado, não é?

Estranhos no aquário

— Ah, muito animado. Expectante, estratosférico.

— E por que, Ben? Por que tanta animação?

Benjamin olha o pai com desconfiança.

— E por que esse lauto interesse? — e de repente surpreso: — Ei, por que é você que está me conduzindo? Não devia ser o outro?

— O outro?

— O outro, o ser de amizade, aquele. E você... cadê o hospital?

Benjamin olha em torno de si, desorientado. Como se o hospital pudesse se materializar na sua frente, com o seu pai de jaleco numa sala branca operando algum desenganado. Ele pega um papel de bala amarrotado e largado na poltrona do carro, estica-o e examina-o detidamente.

— Você está falando do André, não é? Lembra dele? Do seu amigo André?

— Andrucha, Andrômeda, Andropausa...

— Só que agora sou eu que estou aqui. Sou eu que vou te levar, sou eu que vou ficar com você, sempre. Entendeu, filho? — Sua voz soa desagradavelmente tremida.

— O Mosca adora essa música! — Ben fecha os olhos, balança os ombros. O dia entra glorioso pela janela. Passam campos verdes, vacas, cercas brancas de madeira. Igualzinho a um livro infantil. Ben estala a língua, com visível prazer.

— Você lembra, Ben? Quando eu te emprestei os CDs?

— Lembro, lembro. Eu chamei o Andrômeda para sensibilizar comigo, e fiquei tocando em cima das músicas, no aprendizado musical.

De qualquer forma, era reconfortante ouvir uma lembrança do filho. Saber que apesar de tudo era ele mesmo que estava ali, naquele corpo danificado, naquele cérebro tortuoso. Era só uma questão de estímulo. Com Maíra aparentemente não funcionara, pelo menos não ainda, talvez porque ela estivesse muito nervosa, mas na pousada, com calma, ele se lembraria. Em breve estariam lá, e Benjamin veria o cenário que tinha apagado da memória, as pessoas, os cheiros. E aos poucos, quem sabe, retornariam os acontecimentos. Talvez Roberto descobrisse por que ele tinha ido embora antes dos amigos, talvez até viesse a saber o motivo do acidente. Porque devia haver um motivo, e ele iria descobrir qual era.

As músicas do CD começam a se repetir. Roberto aumenta o ar-condicionado. São oito horas da manhã, e ainda têm mais ou menos duas horas de viagem pela frente.

— Roberto?

— O quê, filho?

— Para onde estamos nos deslocando?

13

Desligou o telefone e ficou olhando as flores do papel de parede. Tudo imóvel, nenhuma aranha nas pétalas miúdas, nenhum ruído de televisão ou clique de controle remoto. Não conseguia imaginar Ben sozinho com Roberto, o marido cuidando da comida do filho, do banho. Devia estar com os cabelos oleosos, remela nos cantos dos olhos, mal-alimentado... Pensou novamente que deveria ir até a pousada buscá-lo: bastava enfiar uma roupa e pegar a chave do carro. Pelo menos não teria à sua frente uma noite inteira de vazio e impotência. Mas talvez não valesse a pena chegar quase no fim da tarde se eles partiriam na manhã seguinte bem cedo, sobretudo quando parecia que a ideia de Roberto poderia estar dando certo.

Liga a televisão. Num dos canais, uma dupla de policiais do FBI perseguia um inimigo da democracia, alguém vagamente árabe: tropeçam em barris, se desviam de tiros, se atiram na frente dos carros, cujos pneus cantam. Vai mudando de canal: dicas de beleza, mesa-redonda de futebol, a briga meio cômica de um casal de comédia romântica, um ator (ou seria cantor?) com rosto de bebê sendo entrevistado. Tira o som e fica observando os trejeitos do rapaz, um ar de modéstia se alternando com um riso fácil, depois algo dito com o rosto compenetrado de quem se dá conta de que quer ser levado a sério.

Será que Ben estava realmente começando a se lembrar das coisas? Se estava, certamente era resultado do tratamento, e não da ida à pousada, como Roberto pretendia. Já conseguia reter memórias, como o percurso até a sala da médica no hospital, e agora começava a adquirir a autoconsciência do próprio estado... Parecia mesmo um bom sinal. Levantou para pegar o livro de neuropsicologia. Embora com a vaga consciência de que já tinha lido tudo que havia ali sobre recuperação de memória, começou a folheá-lo com esperança. Mas não conseguia assimilar nada, porque novamente a lembrança que a vem perseguindo há dias se imiscui entre as páginas.

Está deitada junto ao corpo de um homem alto, de uma magreza melancólica. Seus cabelos prematuramente grisalhos (está de costas para ela) a comovem inexplicavelmente. Os ruídos tardios de carros entram pela janela enchendo a nudez do quarto, onde se vê praticamente apenas uma

Estranhos no aquário

cama, estreita demais para os dois. No chão, um pires com uma guimba se equilibra sobre um livro. O cheiro da maconha a enjoa e ao mesmo tempo a excita. Ela toca o ombro dele, que se vira lentamente, com um grunhido. Abre os olhos azuis e sorri ao vê-la. "Oi, Ju, bom dia!"

Tenta se concentrar no livro. Em breve saberão com alguma segurança sobre as sequelas do acidente, que ocorreu há quase seis meses. Ela anseia e teme por esse momento. Imagina que as confabulações diminuirão progressivamente, dando lugar a memórias (ou fragmentos de memória) confiáveis, e Ben voltará a ser ele mesmo, ou quase. Mas era também possível que as confabulações forjassem um novo Ben, todo feito de desejos e associações incontroláveis, que substituiria o antigo. Terá de reaprender a amá-lo, ou seu amor estava preso a um centro indestrutível? Ben se tornaria apenas uma testemunha muda do passado ou se moveriam juntos em direção a um futuro?

Depois de almoçar um resto de carne assada, vai até o quarto para tentar descansar um pouco. Está ao mesmo tempo exausta e alerta, com os olhos vermelhos e o corpo moído de quem não descansa há muito tempo. Abre a gaveta da mesinha de cabeceira, destaca um comprimido e, depois de uma pausa, outro. Consola-se ao pensar que Ben deve estar tranquilo em sua bolha de esquecimento. Ela deita na cama, engole os dois comprimidos com um resto morno de água e aguarda o momento de também penetrar nessa bolha.

DOIS

1

*T*udo era luz e calor e azul, e o riso e os jatos de prata que ela espalhava à sua volta, como se a água fosse o seu próprio riso distribuído generosamente; pois ali onde seu corpo estava de repente se formava um círculo, e era sempre ela que estava no centro incendiado, os dentes brancos, a pele sardenta, as mechas do cabelo descendo pelas bochechas até acabarem chupadas pelos lábios rachados de sol. "Para, Maíra, parece criança", digo do lado de fora da piscina, esquivando-me dos respingos, como um menino que pede que parem de lhe fazer cócegas; um menino que fica paralisado quando ela afunda no espelho da piscina para logo em seguida despontar na superfície, as costas magras mas fortes, os ossos salientes quando ajeita os cabelos, os braços para cima, a cauda nua rebrilhando à superfície da água.

— A ebulição da sereia!

Os tendões saltam do meu pescoço de girafa. Sei que ela estava lá, no centro de um dia memorável, mas onde?

— Onde, Ben?

— No centro do chafariz, lá.

Roberto olha para o meio da piscina, depois olha para o meio do meu rosto.

— Mas o que você está vendo aí? Não tem nada, Ben.

— Quanto tempo falta?

— Quanto tempo falta para o quê, Ben?

— Para o ano que vem, claro. Pai?

O moreno malhado enfiou a mão molhada no pacote de amendoim.

— Escuta, galera, eu tive uma ideia genial. Vou abrir um curso chamado Botequim. Um desses cursos chiques para madames desocupadas, sabe? Mas em vez de vinho, vamos servir cachaça e coxinha, pra elas verem o que é bom. Quando saírem de casa, vão dizer aos maridos: vou lá pra filosofia do Botequim...

Maíra estica a mão na direção do pacote, mas o garoto continua retirando e mastigando uma a uma as bolinhas crocantes: "Não é brilhante?" Começo a atravessar os 5 metros que me separam da piscina: vou puxar o pacote das mãos do garoto ou pegar o saco de batatas fritas caído junto de uma das espreguiçadeiras e estendê-lo a ela, com um sorriso modesto, talvez um pouco idiota. No meio do caminho, ouço uma voz: "Vamos batizar o Ben!", "Não, não, eu ainda tô meio gripado!", "Ai, escutaram isso? Ela tá gripada!". O dono da voz agarra o meu braço esquerdo, enquanto um outro segura minha perna e a puxa para cima. Uma mão me pega pela axila antes que eu

Estranhos no aquário

me esborrache no chão, e assim, todo torto, a camisa suspensa quase até o peito, sou arrastado para a piscina.

— Sou eu, Ben. Estou do seu lado.

— O que você tá fazendo aqui?

— Filho, escuta. — Roberto ajoelha ao lado da cadeira e pega a minha mão, que parece pertencer a uma outra pessoa, uma coisa mole e magra como a pata de uma galinha. — Você sofreu um acidente, e está recuperando a memória aos poucos. Eu te trouxe aqui na pousada para ver se você consegue se lembrar.

O rosto do meu pai soa abandonado. Escuto as palavras, mastigo-as. Devo ou não responder? Se respondo a coisa certa, uma borboleta branca vai se abrir no rosto dele.

Perto do balcão do bar, André conversa com um grupo de meninos em torno da bola de futebol estampada com motivos de Homem-Aranha. "Eu também queria viver na era dos dinossauros, você sabe qual era o nome do dinossauro mais feroz de todos? Tyrannosaurus rex, o rei dos répteis tiranos, Rex não é só nome de cachorro não, quer dizer rei em latim." Ele acena um tchauzinho e sorri, enquanto rola a planta do pé na cara do Homem-Aranha. O céu, de um azul ofuscante, se aproxima e se afasta três vezes antes de eu mergulhar na água, de olhos abertos, as roupas enfunadas, paraquedas inútil. Enquanto afundo, ouço o eco abafado do "já" que os rapazes gritaram um momento antes de tudo desaparecer.

A água brilha e apaga tudo. Vejo uma ponte, um rio lá embaixo, muito, muito longe. Ben, o pobre do Ben tem de atravessá-la. Olha para um lado e para o outro, mas está sozinho. Nenhuma palavra sai da sua boca. Fecha os olhos com força, como se ao abri-los fosse encontrar um outro mundo. Mas o que vê é a mesma água. Seu pai virou um pouco a cadeira, de modo que o sol agora bate lateralmente no seu rosto. O pai abre a boca, pergunta alguma coisa.

Eu respondo.

2

É de tardinha e os três estão num boteco na beira da praia, tomando cerveja e comendo pastel. Ben gesticula para Maíra:

— Escuta, me escuta bem e responde: por que precisamos da garantia de uma vida depois da morte?

— Ah, eu abriria mão dessa garantia com o maior prazer, só que eu mesma tinha que ser eterna! — ri Maíra.

— Na verdade, os animais é que são eternos, porque não sabem que vão morrer...

— "A eternidade do instante"?

— Tá bom, você tá me zoando. E se a eternidade for o nosso próprio presente, as coisas que a gente vive e que não se repetem? — Ben ergue o dedo indicador em desafio, o que faz Maíra revirar os olhos.

— Já sei, a beleza de uma paisagem, de um pôr do sol...

— Não, não, isso é banalidade. A beleza também do deserto, do asfalto molhado, dos carros como setas num dia de chuva...

Maíra atira a cabeça para trás, solta uma gargalhada e quase se desequilibra.

— E a beleza do sangue, de um assassinato? A beleza do mal?

— Por que não? — responde Benjamin, amuado.

André, que parece concentrado em encaixar no tampo da mesa uma lasca de fórmica que se desprendia, diz, meio casualmente:

— Isso tudo é besteira. Nada faz sentido, por isso inventaram essa história de vida depois da morte.

— Mas quem não precisa de sentido neste mundo? — interrompe Benjamin, sorrindo para Maíra.

— E além de tudo — continua André —, essa história serviu para que alguns, vivinhos da silva, fizessem as regras que garantissem a vida eterna. Regras que, é claro, traziam muitas vantagens pra eles. Dinheiro, poder. Sempre teve quem vendesse e quem comprasse as almas. Agora, então, com a virada do milênio, pululam os profetas. Volta e meia Nostradamus é reciclado. O fim do mundo sempre foi bastante lucrativo, como todo mundo sabe.

Maíra fica séria, uma seriedade que cai bem no seu rosto de menina:

— Eu também não acredito em eternidade pessoal. Se existe uma eternidade, é a do próprio todo.

Estranhos no aquário

— Eu só pergunto uma coisa — rebate Ben —, vocês se conformariam em morrer e se transformar num tatu, numa árvore, ou numa pedra? Voltar a fazer parte do movimento infindável de criação e destruição da matéria e do espírito? Eu quero é salvar o meu pescoço!

É impossível não rir dos olhos arregalados de Benjamin.

— Pensando bem, André, você tem mesmo cara de tatu!

Mas André voltara a mexer na lasca de fórmica.

— Esse papo todo é pra quem tem comida na mesa e roupa lavada na cama, que tem tempo de pensar nisso.

As sobrancelhas de Maíra se contraem, e Benjamin sabe que as próximas palavras dela sairão lentas e claras:

— Não sei não. São justamente as pessoas humildes que mais procuram uma justificativa, o sobrenatural, ou Deus, não importa o nome.

— No Catete não é assim, André? — pergunta Ben, com expressão cândida, e André o fita por alguns segundos antes de responder.

— As pessoas compram a explicação pronta, uma explicação que acaba com as dúvidas e dá consolo a elas. Se sentem superiores, a terrível superioridade da bondade e da fé. E também aproveitam a igreja pra se sentir parte da sociedade, conhecer gente, fazer amizade. Mas pensar, mesmo? Não pensam.

— É aquele velho papo, religião e alienação... Você devia ter feito Sociologia, e não Engenharia!

Mas Maíra o interrompe, voltando-se para o André:

— Pode ser que não pensem. Mesmo assim, essas pessoas sentem necessidade de algo maior, todo ser humano sente — larga o corpo para trás, fazendo vacilar a cadeira de plástico: — Caramba, como essa cerveja tá quente.

— Garçom, uma geladinha, por favor. Duvido que alguém nessa bodega esteja falando de metafísica, só a gente mesmo — e Ben ri, olhando em volta, em busca de aprovação.

André se espreguiça devagar. Os braços dele são lisos, os músculos esguios e tensos. Diante dele, Ben se sente um bicho peludo cheio de areia. Por mais que tente se livrar dos grãos úmidos, eles sempre estão lá de novo, no peito, nos braços, na barba incipiente, incomodando, coçando.

— Bora, galera, daqui a pouco é ano-novo! — grita um dos amigos, saindo da água. Um pequeno grupo já se encaminhava para a pousada quando os três se levantam, Maíra e Ben na frente, André um pouco atrás. Ben procura a mão de Maíra, que se deixa ficar na sua.

3

Estamos chegando no restaurante. Não tem rampa, e um garçom corre para ajudar. Quando atingirmos o patamar, verei uma carranca de madeira de ventas largas, e atrás dela um balcão. No lugar de paredes, imensas janelas. Atrás, as palmeiras se erguerão como fantasmas.

— Rá, acertei!

— Acertou?

— Eu sabia que a paisagem entrava. Os vidros na parede, as ventas de madeira. Já avistei isso.

Roberto olha para os lados, como que procurando testemunhas. Está dando certo, Ben está se lembrando da pousada. Quer gritar "eu tinha razão"; quer berrar "ele vai ficar bom, seus filhos da puta!". Era ridículo, porque não tinha nenhum filho da puta ali, nem ninguém a quem precisava provar nada, mas a verdade é que se sentia vingado.

— E o que mais você lembra?

— Ali.

— Você lembra dali?

— Aquele canto do café da matina. Tinha bolinhos, bolinhos balofos.

— Era ali que vocês tomavam café?

— As coisas ficavam na mesa grande, magrela, esperando. Roberto riu.

— Você sempre adorou café da manhã de hotel. A gente acabava de comer e você continuava, voltava mil vezes para pegar mais pão, não dava pra acreditar como podia ser tão magro. — Enquanto diz isso, Roberto lembra que uma vez, num hotel-fazenda, saíra da mesa bufando porque Benjamin parecia que não ia terminar nunca. "Ué, pai, não é tudo de graça? Não precisa me esperar, se não quiser." E Júlia continuara na mesa, enquanto Roberto e a filha se retiravam, ele para o quarto, ela para o saguão onde as amigas já estavam de novo reunidas, esperando o próximo item da recreação.

— Uma vez a Maíra começou a dançar... Ela tocava nas minhas orelhas e ria.

— No café da manhã?

— Estava tão gostoso que ela dançou. Ela disse que eu tinha orelhas de leque que nem o Dumbo.

— Você gosta muito da Maíra, não é, filho?

— Vou encontrar ela no ano-novo.

Estranhos no aquário

— Filho, o ano-novo já passou. Foi antes do acidente...

Ben fica pensativo por um minuto, mais ou menos. Gira os dedos, entrelaça um no outro, depois larga as mãos inúteis em cima das pernas.

— O acidente... É mesmo. Não me lembro do presente, só do passado. Não sei o que acabei de fazer, não sei de onde acabo de vir. — Os olhos de Benjamin parecem vir de muito longe, do antigo Ben. — Eu nunca vou ficar bom, não é?

— Vai, sim, filho. Eu prometo. Olha, vamos sentar nessa mesa do canto, na mesa que você lembrou. Você não lembrou? Então.

O filho chegando na maca, ensanguentado. Acidente de carro. Tô morto de cansado, o estagiário pode cuidar do garoto. O carro deslizando na rua arborizada. Se tivesse ficado, faria alguma diferença? Provavelmente nenhuma.

Um céu preto e depois cheio de luz. O céu ria, mas era um riso estranho. Chacoalhava. Depois parava. Vinham então os sons da noite: grilos, vento. Um cachorro ao longe.

O cachorro aparece lambendo minha cara. É o dia abafado de um hotel-fazenda, e o cheiro de bosta de cavalo me faz bem. Um garoto moreno está comigo. Ele sobe numa árvore e me chama. "Ben, olha aqui." "Já vou, André", eu digo, enquanto esfrego o pelo do cachorro.

Ajeita cuidadosamente a cadeira de Ben junto da mesa. É cedo e o restaurante ainda está vazio. Através da parede envidraçada do restaurante podem ver apenas um idoso numa espreguiçadeira, uma mulher com uma babá e um filho pequeno e dois homens de meia-idade bebericando alguma coisa. Ben aponta para uma fila de árvores onde se penduram redes de tecido cru.

— O André era o líder dos escoteiros. Ele esfregou um pauzinho mostrando como acender o fogo.

— E acendeu?

— Podia formar incêndio. Deu uma faiscazinha e a molecada aplaudiu, o André é bom de bola. Sabe fazer ioiô com a bola do Homem-Aranha. Lembra como ele fazia gol no futebol da escola?

Ben sempre invejara a habilidade de André com a bola. Aos 11 anos, naquela idade em que o futebol era parte inseparável da identidade de um garoto, Benjamin engolia livros de mistério um depois do outro, inventava histórias de aventuras com todo tipo de duendes e falava sem parar, enquanto André era caladão e popular. Ele mesmo, Roberto, pensara algumas vezes que gostaria de ter um filho como André, um garoto com uma energia nata e uma inteligência prática que certamente o levariam longe.

Roberto vai até a mesa e pega um sortimento de pãezinhos: *croissants*, minipães doces recheados com creme amarelo plastificado, pães de forma, uma bolotinha vagamente integral. De onde está, pode vigiar Ben, que a essa altura desembrulha vários palitos um a um e os amontoa numa pilha à sua frente, parecendo muito satisfeito com o resultado; ele sorri para ninguém, depois ergue os olhos até encontrar os do pai. Roberto pega outro pratinho e, sem perder de vista o filho, consultando-o com movimentos quase imperceptíveis da cabeça, vai pescando os frios —

Estranhos no aquário

queijo de minas, uma muzzarella oleosa, peito de peru; desiste do presunto quando Ben torce a boca numa careta, e volta para a mesa equilibrando os pratinhos. "E os bolos balofos?", pergunta o filho quando ele se senta. "Depois. Ou quer que pegue agora?" Mas Ben já está mordiscando a ponta de um pão francês.

Eu gostava de amassar a ponta do cotovelo da mamãe. Parecia uma massinha, uma coisinha enrugada de velha. Ai, ela dizia, dobrando os braços até minha mão escorregar. Me olhava com olhos de gueixa.

Roberto se pergunta o que Júlia estava fazendo naquele momento. Enquanto ele está ali passando manteiga no pão de Ben, ela relê o bilhete sobre o acidente e começa a chorar, no posto a mulher sugere um programinha a um outro rapaz, casais brigam ou trepam ou jantam imersos em tédio, ou riem, ou se drogam, tudo ao mesmo tempo. Enquanto fazia uma cirurgia no hospital, o carro do filho corria em desespero, um caminhão sonolento vinha na transversal, o jovem plantonista se entupia de hambúrguer, Júlia dormia seu sono quente. Ele só tinha notícia das coisas quando elas cruzavam o seu caminho, e eram tão poucas essas coisas, e tão indiferentes, que era o mundo inteiro que assim lhe escapava. A morte era o coroamento dessa estranheza: o mundo continuaria, tão implacável quanto antes de ele nascer.

Da mesma forma, um lugar que parecia ser único no presente trazia em si os seus vários tempos. Imaginou os diferentes tempos se acumulando num mesmo ponto, como num palimpsesto. Quantos corpos tinham passado por aquele restaurante, durante almoços e jantares sucessivos, quantos gestos de amor, ódio e tédio no saguão, nos quartos, na piscina, e eram crianças e velhos, homens e mulheres, magros e gordos, mudos e ruidosos, felizes ou desesperados, cada um deles um verdadeiro universo... E tudo aquilo estava perdido para sempre.

Agora Ben coloca farelos de pão em cima da pilha de gravetos que fizera alguns minutos antes. Devagar, Roberto recolhe as cascas do seu prato e acrescenta-as à pilha de Ben. Os dois ficam concentrados, arrumando aqui, consertando ali, em silêncio absoluto, como na época em que Ben era pequeno e montavam quebra-cabeças. O barulho cresce em torno daquele momento, e são passos, talheres, vozes, sussurros e gritos que vão se afastando como uma lembrança, enquanto eles flutuam, suspensos no eterno presente. Enfim, a pilha desmorona: Roberto balança os ombros e se levanta para empurrar Ben na direção da piscina.

Quando passam pela carranca, Roberto pega o celular e verifica que Júlia ligara uma dezena de vezes. Ele aperta a tecla para retornar as ligações e mal tem tempo de constatar que o coração praticamente lhe sai pela boca.

4

Ela se aproxima aos poucos, o corpo tremulando na noite. O calor do dia se fora, mas deixara uma brisa morna que sacudia as palmeiras levemente, e o som que faziam também era água. Ben observa os cabelos de Maíra ondeando no azul da piscina, pequenos e delicados furacões que logo alcançariam suas pernas. Os pelos se arrepiam ao mesmo tempo que se sente crescer no calção: a cabeça de Maíra enfim lhe atingia as coxas, e ela subia, o rosto molhado, rindo.

— Tá aí parado por quê, Ben?

— Por nada. Quer dizer, tô te olhando... Você nada bem.

Sente-se um imbecil. Quer chamá-la para o quarto, quer arrancar agora mesmo o biquíni, lamber as gotas que escorrem pelo pescoço, entre os seios, engolir os bicos.

Com a mão esquerda, toca a cintura dela, enquanto com a outra ajeita o cabelo escorrido de água. Maíra sorri, deixa o corpo escorregar:

— Quero ver você me alcançar.

Em volta da piscina, os funcionários do hotel se apressam. Garçons passam para lá e para cá, fazem soar pratos e talheres, conferem orquídeas sob o olhar rigoroso do gerente. Não entendem por que os garotos continuam na piscina quando deveriam estar se arrumando, deixando o terreno livre para eles prepararem o ambiente da ceia, mas não podiam dizer nada para aqueles meninos bem-nascidos e mal-educados, e o máximo que faziam era tropeçar de vez em quando no pé de um deles e pedir desculpas num vago tom de repreensão.

O grupo começa a se dispersar. Umas meninas voltam para o quarto. Falam da roupa que vão usar, que o sapato alto acabaria escorregando, que talvez fosse melhor botar uma rasteirinha... Três dos garotos continuam bebendo cerveja, indiferentes. André anda na direção da piscina até Maíra que, ofegante, espera Ben alcançar a borda.

— Vocês vêm?

Ben emerge ao lado de Maíra. Grita "peguei você" bem alto, mas sua voz murcha no "você" quando nota a presença do André.

— Os garçons estão uma fera...

Meio agachado na beira da piscina, André parece mais velho do que Benjamin. Chama-o com um gesto e estende

Estranhos no aquário

a mão para Maíra sair da água. Ela corre na ponta dos pés até a espreguiçadeira para pegar a toalha, se enrola e corre de volta para se enfiar entre os dois amigos. Andam alguns metros em silêncio, até que Maíra o rompe:

— Olha só que bonito que eu li hoje.

Ela aperta os olhos e recita:

"Sou habitada por um grito.

Toda noite ele voa

À procura, com suas garras, de algo para amar.

Tenho medo dessa coisa escura

Que dorme em mim;

O dia todo sinto seu roçar suave e macio, sua maldade."

— De quem é? — pergunta Ben.

— Da Sylvia Plath.

— Uma que se suicidou?

— É. Mas isso me irrita, sabe. Parece que só isso importa. Será que é só o que sabem dizer dela?

— Calma, Ma. — Ben encosta a mão no ombro de Maíra, que se esquiva.

— A poesia dela está acima disso.

Tinham parado em frente ao muro da ala que levava aos quartos, situados lateralmente em relação à construção principal. O quarto que Maíra dividia com duas outras garotas ficava do lado esquerdo, o de André e Ben, do direito. Ben tenta recuperar o terreno perdido:

— Mas você não acha que ela pôde escrever poemas tão bons justamente por causa disso? Porque se suicidou?

— Ah, você é um daqueles que acha que o grande artista é o que sofre mais.

— Eu acho que a arte é uma tentativa de transformar o sofrimento. Uma forma de libertação: transformar o sofrimento em imagem ou em palavras liberta.

— Você também acha, André?

— Não entendo tanto de arte como vocês... Eu moro no Catete.

Ben endireita as costas, ofendido:

— Claro que entende, André. Talvez não como artista, mas como espectador. Fala, você acha o quê?

— Eu acho que a razão é que liberta. E a razão está me dizendo agora que precisamos ir pros quartos...

André sorri, recostado na trepadeira que se estende ao longo do muro. Mas Maíra ainda não tinha desistido:

— Será? Espinosa dizia que a razão não pode dominar a emoção. Que uma emoção só pode ser ultrapassada por uma emoção maior.

Os dois a olham com condescendência, embora a expressão de encantamento nunca largasse o rosto do pobre Ben. André soergue o corpo, estende uma perna na direção da ala esquerda.

— Ah, meu Deus, acho que eu tô ficando obsessiva com essa história de Espinosa! Vamos, a gente precisa se arrumar.

5

As imagens se misturam. Outras fogem. Ando me esque-cendo das coisas, alguém disse. Ou sou eu que sei? Meu pai empurra a cadeira de rodas onde estou sentado. Eu deveria estar em casa, arrumando a mala para o ano-novo. Deveria estar de pé. Devo ter quebrado as pernas, não sei. Ou é outra coisa, algo mais grave.

— Ele tá entendendo melhor o que aconteceu, come-çando a lembrar...

— Não sei, Roberto. Você deve ter surtado, levar o Ben assim, sem a mínima infraestrutura... — Faz uma pausa e, num tom mais baixo, pergunta: — Mas o que foi que ele disse?

— Nada muito concreto. Falou de uma sereia no chafa-riz, e depois entendeu muito bem o que eu expliquei sobre o acidente. — Mas no exato momento em que disse isso, percebeu que não significava nada. — Parece pouco, eu sei.

Meu pai vai e vem com o celular colado no cabelo. "Não se preocupa, ele está bem, e além do mais vamos voltar amanhã." A cara dele tem dois buracos no lugar dos olhos.

— Roberto, traz o Ben agora pra casa.

— Não posso.

— Por quê?

— Já paguei a diária. — Foi só o que conseguiu pensar, e soava como uma piada. Além de tudo, era mentira.

— Roberto, se você não vier agora, eu vou aí.

— Olha, só mais um pouquinho, tá certo? Confia em mim. Ben, toma, fala com a sua mãe.

— Filho? Você está bem, meu amor?

— O ano-novo foi embora.

— Você se lembra da pousada?

— Um pouco. O esquecimento me atropelou.

— Ben, querido...

O fone fica mudo, depois se ouvem ruídos esparsos de batidas e de algo arrastando.

— Oi, Júlia, sou eu. Você vê, agora ele pelo menos lembra que esqueceu.

— Mas há quanto tempo você contou isso pra ele, Roberto? Quantos minutos?

— Tem quase uma hora, na verdade 55 minutos. Estou anotando tudo.

Parece que já estive aqui. Deve ser uma das coisas que ando esquecendo. Conheço esta piscina, foi aqui que aprendi a nadar.

Estranhos no aquário

Minha irmã abria as pernas e eu passava debaixo dela na água. Eu engolia tudo. Eu não conseguia, e chorava. Aí ela se afastava até eu não ter mais fôlego, a desgraçada. "Mãe, ela tá me enganando." "Ele que é chorão." Meus pais leem jornal debaixo do guarda-sol esverdeado.

— Quando vocês voltam? — a voz de Júlia começa a fraquejar.

— Amanhã bem cedo, é mais seguro do que hoje à noite. Vamos conseguir, Júlia. Um beijo.

Meu pai fica segurando o celular na mão, a boca esticada num bico. Ele segura nos braços da minha cadeira, segura nos meus braços, segura nos braços da morte. A cadeira rola na direção da piscina, e a última coisa que vejo é o céu radiante. Lá dentro, corpos despedaçados dançam: um biquíni se enrosca num braço, um calção numa boca de mulher, mãos sem nome acariciam pernas, cabeças sem rosto rodopiam em volta de troncos tocados por seios feridos.

— Vamos dar um passeio na praia?

A cadeira rola na direção do azul, e Ben sente o ar salgado envolvendo tudo. O balcão fica para trás, junto com o portal e seus anjos caídos, e o mundo todo se enche de areia.

O sol castiga os grãos, cintila na superfície branca. Fecho os olhos e abro, muitas e muitas vezes, e a força é tanta que as pálpebras chegam a arder. Quando os abro pela última vez, uma luz cor de laranja estoura. O mundo é uma extensão ofuscante onde os contornos se desvanecem, e no centro dele

*estão os meus ombros pelando e as conchas pisadas pelos meus
pés. Ao meu lado um corpo grande se mexe, diz alguma coisa.
Não ouço, porque acabo de achar uma concha especial, da cor
de uma orelha tenra. Júlia gosta de comparar as conchas com
orelhas, centenas de orelhas decepadas numa brancura de fim
do mundo.*

Roberto tirou os sapatos e agora seus pés revolvem a
areia. Não se lembra de ter sentido antes tantas nuances:
havia partes mais molhadas e partes mais secas, a areia fina
dava lugar a outra mais granulosa, na qual se misturavam
pequenas conchas que pinicavam as solas. Um homem
de pé, estoico, com meias enfiadas nos sapatos pretos, é
algo digno de riso e de pena: Roberto o sente, mas lhe é
indiferente. Com o dedão erguido (as unhas maltratadas,
descamando, unhas de velho) levanta um punhado de areia
onde desponta uma concha meio quebrada.

— Olha só essa concha.

Ben vira o rosto, pega o fragmento rosado. Uma orelha
ou a pétala meio amassada de uma flor.

— A Maíra tava do lado do André, junto dos garotos. Ela
tava de biquíni com flores no peito, e encostou a cabeça
no ombro dele.

*Alguma coisa aconteceu. Alguma coisa vai acontecer. Não,
isso já foi. Maíra e André são o passado, o presente é este aqui,
eu e meu pai na areia branca.*

Roberto toca levemente o ombro de Ben, que depois
de examinar a concha por alguns segundos a devolve ao

Estranhos no aquário

pai. Mesmo assim, ele resolve procurar outras, e em pouco tempo está com os bolsos cheios de lascas, conchas em caracol, pedaços com vários matizes, do branco ao rosa e ao marrom, salpicados de grãos grossos e úmidos de areia.

6

— Cara, a Maíra tava linda.

Ben se atira na cama, levantando os braços compridos como se enfim se rendesse.

— E fica ainda mais bonita quando começa a discutir. Adoro a inteligência dela.

André tinha jogado longe o chinelo e abaixado o calção até os tornozelos. Com um movimento rápido das pernas, jogou a peça para cima e pegou-a com a mão. Da cama, Ben ouviu o chuveiro sendo ligado. Apoiou o corpo nos cotovelos e alteou um pouco a voz na direção da porta entreaberta do banheiro:

— O que você acha, André? Não tenho coragem de tentar alguma coisa. E se ela não quiser?

— Não tô ouvindo nada!

Benjamin abraça o travesseiro, pega o MP3 da mesinha de cabeceira, coloca um dos fones de ouvido e sacode a cabeça para cima e para baixo, mordendo ligeiramente o lábio inferior. Quando André sai enrolado na toalha, Ben se ajeita na cama e tira o fone:

— O que você acha?

— Acho sobre o quê?

— Sobre a Maíra, ué!

André tira a toalha, mostrando o corpo moreno e quase sem pelos. Sacode a cabeça ainda úmida e olha para o amigo com os cabelos espetados.

— Você faz muito drama, cara. No seu lugar eu já tinha chegado nela há muito tempo. Você não pode ser o "amigo", entende?

— Mas nós somos amigos...

— Ai, caramba. Tô falando do *amigo* — aqui André faz um trejeito inclinando a cabeça enquanto prolonga o som do i de forma meio irritante. — Sabe, aquele cara que ouve a mulher falar dos outros caras, dá força, fica de mão dada com ela mas não come. Um clássico.

— Você acha? Não, não, você não conhece a Ma direito. Ela não é uma garota comum.

— E as outras garotas antes dela, você achava comuns?

— É diferente, eu nunca gostei de ninguém como da Maíra.

— A Maíra pode saber filosofia e literatura, mas é mulher.

Ben começa a rir:

— Putz, André, precisa ver a sua cara de canalha.

Estranhos no aquário

— É que nasci no Catumbi, esqueceu? Antes de me mudar pro Catete.

André tinha colocado a cueca e procurava uma camisa no armário, quando sentiu o braço peludo do amigo lhe apertar o pescoço. Cheirava a cloro e a suor. André se inclina para a frente até suspender o corpo magro de Ben, que solta um urro de desenho animado. Tropegamente, vai até a cama do canto, onde o despeja.

— Vai tomar banho, cara, fedendo assim você não vai conseguir nada com a Maíra.

Ben cheira o sovaco e faz uma careta. Pega a toalha de cima da cama e some no banheiro.

7

Os dois se enfiam na cama de casal, debaixo da colcha branca onde se lê *Búzios Inn*. O pé direito de Ben cobre parcialmente a visão de Roberto, que diz:

— Ben... uma vez eu traí sua mãe.

E espera. Talvez as palavras toquem em algum botão no cérebro de Ben, provocando uma reação qualquer dele, que amava tanto a mãe, que a julgava tão acima do pai — embora soubesse que o mais provável, na verdade a única coisa possível, era que, mesmo que ocorresse o milagre, e Ben se erguesse da cadeira como um Isaac ferido pelo pai, em alguns minutos tudo estaria esquecido. Seria uma experiência, uma espécie de *test-drive*; ele saberia a reação de Ben sem precisar enfrentar as consequências. Tinha de admitir que a segurança daquilo o confortava.

Adriana Armony

— Você ainda era bebê. Os seios da Júlia estouravam de leite, e ela só pensava em fraldas, papinha, cocô.

Seu tom de voz soava ridiculamente queixoso. Para quem dizia aquilo? Para o filho ou para si mesmo? A história toda lhe parece boba, um estúpido clichê. Revê mentalmente a imagem da mulher com quem traíra Júlia. Uma médica que conhecera em um Congresso e que o adorava. Imaginava que ele deixaria a família, claro, e nunca entendia direito o que ele queria dizer. Bom, a verdade é que ele só se dispôs a dizer as coisas claramente quando se sentiu de fato encurralado. Todas as histórias já nascem velhas.

— Eu sabia.

— Sabia?

— Eu vi vocês. Conheci que você era um covarde. Os dois andavam pela alameda, e você segurou as ancas da potranca.

Roberto balançou a cabeça, nervoso. Ben parecia se referir não à médica, mas à enfermeira, uma que imprudentemente ele comera depois de uma madrugada tediosa do plantão, o que aliás ele não contava como uma traição. Será que os vira alguma vez no corredor do hospital? Não podia ser, quando aquela história ocorrera Ben era muito pequeno. O mais estranho de tudo era que tanto a médica quanto a enfermeira realmente tinham um belo traseiro.

— Não pode ser, filho, você era praticamente bebê, não pode ter visto nada. Mas talvez eu tenha sido mesmo covarde. Me sentia culpado, mas não pude evitar...

Ficam em silêncio, olhando para a tela da tevê. Pessoas dançavam num anúncio de sabão em pó. Estão vestidas de

Estranhos no aquário

branco e jogam as pernas para cima alegremente. Ben pega o controle remoto e o faz girar várias vezes sobre a cama, cada vez mais rápido. Suas costas se curvam sob a blusa amarrotada como um gigantesco ponto de interrogação. Ele para e olha na direção da janela, por onde entra uma luz leve.

O ano-novo vem como uma paisagem. A virada do século, do milênio. O barulho aumenta, as luzes estouram. Urra! — e todos jogam o chapéu pra cima. O céu vai e vem com suas estrelas mortas há séculos.

— Sucedeu uma coisa e não realizo o que foi. Eu devia viajar pro ano-novo mas tô nessa geografia com você. — Faz uma pausa pensativa. — O agora é muitas vezes.

Roberto contempla o perfil de Ben contra a janela e pensa que ele parece saído de uma pintura flamenga. Um quadro de Rembrandt, talvez de Vermeer. Estava tomando progressivamente consciência do seu estado: uma consciência dolorosa, mas necessária para a reconstituição da memória recente. Quem sabe aquilo assinalasse mesmo o início da recuperação definitiva? Roberto estende a mão, toca nos cabelos do filho.

— Filho...

Na televisão, o apresentador de um programa de auditório segurava alguma coisa — um liquidificador? um secador de cabelo? —, ao lado de uma garota sorridente, de cabelos lisos e pernas à mostra. O apresentador entrega o objeto à garota e lhe dirige uma pergunta, o que a faz forçar ainda mais o sorriso. Ben aponta a tela e abre um sorriso de reconhecimento:

— Caraca, é o Dante! Ele murchou!

De fato, o apresentador estava mais magro do que alguns meses atrás, quando se interrompera o fluxo da memória de Ben. A câmera, até ali fechada no rosto semimurcho, abriu mostrando um palco e uma plateia semi-histéricos.

Roberto desliga a televisão. Abre a bolsa de viagem, puxa lá de dentro uma blusa de manga comprida — a que Ben está vestindo está úmida da piscina. Roberto não conseguira negar o pedido do filho de molhar as mãos, que ele mergulhara na água, enxugando-as depois na própria roupa. Por um momento, hesita entre colocar a roupa no filho ou entregá-la para que ele mesmo a vista. Coloca-se à sua frente com a blusa esticada, mas Ben não esboça nenhuma reação.

— Quer colocar a blusa, filho? — E se ouve acrescentando: — Você pode se resfriar.

Mas Ben apenas levanta os braços e espera, a cabeça um pouco inclinada para o lado, como uma marionete que o titereiro tivesse abandonado depois do espetáculo.

Uma mesa grande ocupa a sala toda. Mastigo a pele crocante da galinha que jaz escalpelada no centro. O espelho da travessa brilha e deforma o rosto da minha irmã. André está conosco, rindo com dentes brancos, enquanto encosta a mão no meu ombro. Está vestindo uma blusa minha.

Roberto tenta se lembrar como Júlia costumava vestir os filhos quando eram bebês. Pelo que se recordava, era pela cabeça: ela abria bem a gola, de forma a não haver nenhum risco de atrapalhar a respiração da criança; enfiava rapidamente um braço, depois o outro, e a cada intervalo

Estranhos no aquário

emitia gorjeios carinhosos que faziam sua boca se abrir irresistivelmente num sorriso. Mas Ben está com os braços esticados, de modo que resolve começar pelas mangas, um braço depois o outro, e a cabeça dele some por trás do pano esticado. Roberto espia através da gola, e com um puxão resoluto faz reaparecer a cabeça despenteada do filho.

É noite e me preparo para dormir. Ela me olha com expressão preocupada, enquanto escovo os dentes arreganhando bem as gengivas. O barulho ecoa dentro da minha boca, borbotões de espuma escorrem das laterais, e isso me deixa feliz.

— Caramba, tô com uma montanha de fome — é o que diz Ben.

— Se Maomé não vai à montanha, a montanha vai a Maomé! Conhece isso, filho?

— Você é engraçado.

Roberto empurra a cadeira de rodas para fora do quarto, e sente o ar fresco envolver os dois como uma nuvem.

— Vamos lá, Maomé, senão daqui a pouco não tem mais almoço.

8

O garoto magrelo se olhando no espelho sou eu, Benjamin. É a primeira vez que faço a barba. Uso o pincel e a gilete do meu pai, e é claro que me corto. À noite, ele nota. Dá pancadinhas com o dedo indicador no próprio rosto, levantando as sobrancelhas. Me sinto ridículo.

Estou cansado, que cansaço eu sinto. Mal consigo mexer minhas pernas. Preciso levantar, daqui a pouco Maíra vem me pegar, segurar minha mão, me fazer cócegas com seu cabelo.

Meu pai me pergunta alguma coisa. O que ele está fazendo aqui? Estranho. Vou perguntar, preciso perguntar o que ele está fazendo aqui, dizer que ele precisa ir embora. Não me diga que agora ele quer "participar". Nada mais cômico do que essa obrigação autoimposta dos adultos, culpados por não ligar para os próprios filhos. Condenados pelo esquecimento da própria infância, da própria adolescência.

Estou parado, mas as coisas se atropelam na minha cabeça. Que horas serão? Sons e imagens voam, como moscas.

No tumulto de gritos e corpos, me sinto feliz de novo. Camelôs florescem em um labirinto de pequenas lojas que vendem pilhas, camisas de futebol, pacotes de batatas fritas. Ah, estou indo pra faculdade. Vou encontrar Maíra, minha Mairinha. Salto entre as pessoas, me desvio das barraquinhas. Compro para ela um livro amarelo pequeno, com as bordas gastas.

Meu pai me chamou de Maomé. Não tenho barba, também não sou velho. Estamos indo comer, e o vento que bate na minha cara é morno.

9

Os hóspedes se cumprimentam, falam alto ou sussurram, esticam mãos animadas e pegam das bandejas minissanduíches feitos de pães que parecem papel, daqueles que são a última moda entre os novos ricos, se é que há velhos ricos no Rio de Janeiro, minissanduíches supostamente argentinos que no entanto parecem a Ben uma magra miniatura de sanduíches de pão Plus Vita. Passa pouco das dez. Ben não vê Maíra nem qualquer uma das meninas. Talvez ainda estejam se arrumando, deslizando os vestidos de alcinha por cima dos corpos em flor, se virando diante do espelho para ver se a calcinha ficou marcada, esticando no espelho os lábios pintados. Vai até a mesa e pesca uma uva. Azeda. Vê André conversando com o garoto dos pacotes de amendoim, que aponta alguma coisa. Lá, lá, seus lábios parecem dizer. Ben olha, mas não vê nada além das palmeiras balançando e do seu reflexo nos vidros do restaurante. Alguém toca no seu ombro.

— Tá procurando alguém?

— Não...

— Mentiroso! — Maíra ri e entrelaça o braço de Ben no seu. Ele se sente como um par de festa junina, um caipira fazendo com a mocinha o caminho da roça. Ela está realmente com um vestido de alcinha, preto, contrastando com a marca branca do biquíni que corta a carne rosada do ombro. Vão na contramão dos convidados, que vêm da recepção para a área externa, guiados pelo entrechocar dos vidros e das luzes contra a noite. Maíra cheira a banho e a algo mais, algo delicioso. O que vamos beber?, pergunta diante do balcão onde dois rapazes com rosto de índio preparam os drinques: batidas, caipirinhas e caipiroscas feitas com morangos, limões e cajus expostos em vasilhas que lembram gigantescas taças de vinho. As frutas são frescas como a noite. Ela pede uma caipirosca de morango e Ben a imita.

Saem da pequena multidão equilibrando os copos transbordantes de gelo, Maíra na frente e Ben atrás. Do nicho de móveis tailandeses cercados por cortinas esvoaçantes, alguém acena. É apenas uma mancha, uma mancha que parece sacudir um lenço, como nas despedidas de navio. À medida que se aproximam, Ben percebe que é o Thiago, mas não há nada na mão dele, pelo menos não na mão semierguida já cansada do aceno, porque na outra segura

Estranhos no aquário

um copo brilhante de uísque. Recostadas nas almofadas de uma namoradeira ornada de volutas, duas meninas estão meio sentadas, meio deitadas; uma delas atira a cabeça para trás e ri de forma artificial. Um dos garotos, o mais alto do grupo, se refestela no meio das duas e as puxa para si com ares de sultão, o que aumenta ainda mais a hilaridade da garota.

Ben sente a presença de Maíra ao seu lado, e quando vira o rosto na sua direção, encontra o rosto dela pensativo: uma figura de sonho, assim com o corpo em repouso e os cabelos pretos elétricos se destacando contra o fundo branco das cortinas. Vindo do balcão de bebidas, André caminha na direção deles com uma tulipa de chope. Parece piscar o olho, mas talvez seja apenas uma impressão resultante do brilho intermitente de um holofote que naquele mesmo momento é eclipsado por um casal que passa. A noite está quente e abafada, deveria ter pegado um chope como o André. "E aí?", ele diz, abarcando vagamente com a mão do chope o pequeno grupo. O sultão responde com as sobrancelhas, e o volume do riso das meninas aumenta.

— Galera, tá quase chegando a virada do milênio, se realmente vamos morrer é melhor aproveitarmos.

E o sultão aproveita para escorregar a mão do ombro de uma das meninas até o início de um seio.

— Tô preocupado... Se os computadores enlouquecerem mesmo, ninguém sabe o que pode acontecer. Por via das dúvidas, fiz backup de tudo.

André:

Adriana Armony

— Com o seu computador não vai acontecer nada, cara. As empresas é que estão com o cu na mão. Quem vai se ferrar são os bancos de dados, se os computadores não processarem a virada dos 1900 pros 2000. Os programadores estão correndo atrás do prejuízo, mas a gente só vai saber na hora.

— Imagina se os bancos de dados se perdem. As informações dos bancos, das lojas. Das indústrias. O mundo para. Vai ser um grande *crash*, como na crise de 29.

Uma das meninas grita:

— Vamos recomeçar do zero! Como no dilúvio. Pode ser o início de uma nova era!

Maíra, alheia a tudo, entrefecha os olhos e inclina levemente a cabeça para a esquerda.

— Tá tudo bem, Ma? Você ficou calada de repente.

— Às vezes a noite me deixa triste.

— Mas a noite tá linda!

— Por isso mesmo. É a beleza da noite que me deixa triste.

— Não tem algo mais? Não quer me dizer? É alguma coisa comigo?

Ela sacode a cabeça. Dá alguns passos, até atingir a grade que delimita o terreno da pousada, impedindo o avanço de uma vegetação exuberante. Os amigos continuam a conversar: quem vai cair na piscina? O que prometem os astros no ano-novo? Me dei bem, sou de sagitário. Acho essa história de ano-novo uma bobagem. O melhor ano-novo que passei foi mamando sozinho uma lata de leite condensado e de-

Estranhos no aquário

pois dormindo. Ben tenta participar das conversas, mas só consegue fazer algumas intervenções deslocadas, até que finalmente se limita a beber sua caipirosca, abocanhando de tempos em tempos um gordo e túmido morango. Mas logo só consegue pescar restos de gelo, e resolve ir até o balcão de bebidas, a essa altura lotado.

Quando volta, vê Maíra com o rosto afogueado, discutindo animadamente. Pelo que pode perceber, está defendendo alguma tese sobre as mulheres, porque usa expressões como "pós-feminismo" e "estética de mulherzinha" (embora com um esgar que poderia ser interpretado como de desprezo, mas desprezo por quem? E pelo quê?). Ela pergunta: "Não acha, Benjamin?", e ele concorda. Aproveita para segurar no seu braço, mas os movimentos de Maíra são rápidos, ela argumenta com o corpo todo, ora avançando como uma gata, ora alerta e impaciente como um esquilo, e Ben acaba por soltá-la. Ele se agarra no próprio relógio: faltam uns vinte minutos para a meia-noite. Só alguns instantes depois de ter gritado "tá quase na hora!", cortando a discussão, se dá conta do seu grito, num efeito estranho de câmera lenta, ou de déjà-vu. Sente que está ficando bêbado, e começa a se armar de coragem, porque está próximo o momento de tomar uma atitude.

Dois garotos se afastam para conferir os fogos de artifício que tinham separado. Alguns pegam os celulares e se preparam para disparar torpedos de feliz ano-novo. Uns garotos tiram a camisa e ficam só de bermuda, outros grudam os olhos no telão e começam a contagem regressiva.

Quando os fogos começaram a subir, todos olharam para o céu, mas ele não, foi para o rosto da Maíra que ele olhou. A ponta crepitava, e de repente a coisa começava; o fogo subia com um silvo musical, ascendente e logo descendente; nesse momento ela soltava um gritinho de menina que correspondia perfeitamente ao movimento do fogo — e em seguida ria, a mão cobrindo castamente os lábios. Começaram os abraços, mas antes que o corpo dela começasse a ser apertado por todas aquelas mãos e braços e corpos, ele correu até ela e a beijou.

— Feliz ano-novo, meu amor.

Era a primeira vez que a chamava de "meu amor". Maíra encostou a cabeça no seu ombro, num movimento de timidez (ou talvez estivesse apenas tonta da bebida), e murmurou, de forma quase inaudível:

— Feliz ano-novo.

10

Sob o céu da tarde, Ben parece uma estátua de cera. Seu rosto está virado para a piscina, mas a impressão de Roberto é que o filho não vê nada. Fiapos de nuvens tremulam na água, e um vento leve balança as cortinas que circundam pequenos nichos onde móveis tailandeses apregoam o próprio bom gosto. As únicas testemunhas são eles, pai e filho, um homem grande e barbado segurando a cadeira de rodas de um garoto de peito magro e infeliz.

— Ben, você se lembra daqui?

— Bonito. O céu explodiu quatro vezes. O André tirou a lasca da mesa e cortou o dedo. Saiu sangue.

— E depois?

— Depois sei lá, cara de tatu! — Ben começa a rir, mas de repente fica sério, provavelmente esquecido do que rira.

Devagar, empurra a cadeira até o balcão de bebidas. Um rapaz com cara de índio prepara um drinque, agitando concentrado um cone metálico, um garoto balançando um chocalho; tem um sorriso largo no rosto que fita o homem semicalvo que aguarda à sua frente. Ou talvez seja um sorriso dirigido a Ben, que batuca na lateral da cadeira enquanto olha na direção do homem, que responde com um aceno de cabeça. Ao fundo, uma brisa agita levemente as cortinas nos nichos tailandeses.

— Nós jogamos bola. A bola do Homem-Aranha.

Ben fala para o pai, mas o rapaz ouve e franze a testa enquanto despeja o conteúdo do cone, agora aberto, no copo de vidro onde espeta um guarda-chuva vagamente chinês.

Um drinque, um brinde! Alguém levanta um copo que brilha: a luz bate na água e me cega por alguns instantes. Ou são as cortinas que invadem os meus olhos? Elas crescem como saias, se arrastam como véus, rastejam como vermes.

Ben esfrega as mãos na testa, nervoso.

— O que foi, filho?

— Eu lembrei, paizão. Lembrei de tudo.

Roberto mal podia acreditar. Ben o chamara de paizão e ia se curar.

— Me conta, querido. O que você lembrou?

— O André... ele me traiu.

11

Depois do beijo, Ben queria ficar sozinho com Maíra, mas parecia impossível. Algumas amigas a puxaram para ver os garotos se atirando na água, depois decidiram ir até a praia encontrar a parte do grupo que resolvera passar a virada do ano na cidade. Estava previsto um show com uma banda da moda, que Ben aliás desconhecia, e a noite, argh, era apenas uma criança. Maíra se deixava arrastar, com seu ar ligeiramente divertido de observadora, ao mesmo tempo dentro e fora, mistura deliciosa de carne e espírito, futilidade e profundidade, bem e mal, e mais um punhado de paradoxos desse tipo, que ele gostava de qualificar como "o eterno feminino" (ouvira ou lera essa expressão em algum lugar, provavelmente no livro de algum metafísico alemão).

Benjamin ia atrás de Maíra, segurando sua mão, acariciando as partes descobertas pelo vestido, puxando-a para cantos mais escuros onde lhe arrancava beijos. Estavam todos bêbados, os risos e os corpos frouxos, e parecia a Ben que a qualquer momento alguém poderia vir roubar-lhe Maíra, pegar sua conquista pela mão e levá-la para o mar, onde se amariam entre as ondas diante de todos aqueles jovens enlouquecidos, por isso não tirava o olho dela, que agora também dançava, e o puxava pela mão ("vamos, Ben, se anima"), os cabelos suados, os olhos girando de prazer. Alguém chegou com umas latinhas de cerveja, talvez fosse o André, em todo caso trazia uma garota risonha pela mão, ou melhor, pela cintura, que acariciava em movimentos circulares, talvez por isso ela continuasse a rir tanto e tão bem.

De vez em quando, Maíra parava, cansada, e contemplava a beleza da noite, que a deixava triste, e isso fazia com que Ben se sentisse dolorosamente só, porque não era parte daquela beleza. Ele a puxava para si, beijava seus cabelos e se sentia renascer quando ela ria, se queixando de cócegas. E voltavam a dançar, bêbados de música e de sal.

Quantos minutos, quantas horas se passaram até que começassem a subir de volta para a pousada, evitando as latas e papéis que se confundiam na areia escurecida? Pareciam uma procissão, ou um exército em debandada; alguns corpos jaziam na areia, solitários ou em pares, bêbados ou amantes à milanesa, diria Ben, se não estivesse cansado demais para falar.

Estranhos no aquário

E ali estavam novamente na rampa que levava aos quartos externos da pousada, mas agora a disposição das pessoas seria diferente, pois cada um levava um par pela mão, ou pela cintura, ou pelo cangote, embora alguns tivessem sumido antes e talvez viessem a ser encontrados inesperadamente num dos quartos, ou numa das redes, nunca se sabe. Com um olhar dirigido a André, Ben reservou o quarto para si e para Maíra; agarrado à garota risonha, André respondeu articulando com lábios silenciosos: "vai fundo"... De repente tudo estava quieto, só se ouviam os passos no chão cimentado da alameda, cada vez mais próximos da porta do quarto, e depois o breve tilintar da chave que Benjamin pegava no bolso molhado (entrara no mar de roupa e tudo e quase a perdera na água).

Paralisado de timidez e expectativa, Ben mal tocava em Maíra. Quando entraram no quarto, ela despencou na cama de André, encontrando uma toalha úmida — "preguiçoso, nem para estender a toalha", disse jogando-a para o lado —, e nesse momento fez tombar a alcinha do vestido preto, que tirou num movimento preguiçoso, mostrando o corpo que ele já conhecia de biquíni, e que assim, de calcinha e sutiã, parecia mais nu e mais frágil, tão frágil que quando ela disse "me abraça, Ben, vamos dormir juntos", ele nem pensou em fazer alguma coisa mais, apenas encostou a cabeça dela no seu ombro e se preparou para vigiar seu sono.

12

O cinto nos joelhos do André fazia um barulho de sino. Embaixo, a privada com a água verde que tinha saído da Maíra. O rosto dele badalava, enquanto ele ia e vinha entre as pernas dela. A porta do banheiro entreaberta como uma página.

O culpado de tudo é ele, o André. Conto tudo para o Roberto, e os olhos dele chispam. Depois caem no vazio.

Ela dança, anjo solto na escuridão. As ondas explodem nos seus cabelos, junto com seu riso.

Esaú enfim ergueu seu imenso corpo e recuperou o seu lugar. O pobre Jacó se cobre com o manto inútil do cordeiro. E Esaú, com um sorriso cínico, ostenta seu corpo sem pelos.

Dentro do aquário, dois corpos bailam. Se enfiam um no outro, fetos se balançando. Pedaços de pele e de carne roçam o vidro.

O patriarca derrotado enfia o rosto nas mãos. Mas ainda não é tudo. Ouviu, pai?

O vento sopra dentro da Maíra. Ela tira o vestido, acaricia a barriga estufada, uma mão cobre um seio. O futuro cresce dentro dela. "Agora você se lembra, Ben?"

Ela me contou. Olha a minha barriga, Ben. Posso ter sido fodida pelo André, mas dentro de mim tenho o seu futuro.

Lembro.

13

Um cansaço bom, os olhos se entrefechando, tudo virando neblina... Só a rede de tecido cru onde está deitada lhe lembra o contorno do seu corpo, costas, pernas e tornozelos, enquanto o peito e o rosto se oferecem ao céu noturno cheio de risos e trinados, e sons de talheres prenunciam uma refeição, e quando abria os olhos, entre um abrir e um fechar, podia ver André, com os meninos, ensinando como fazer um estilingue, ele que vinha de uma família do interior.

Não sabia se André percebia que era olhado por ela, mas sabia, sim, que ele era um menino, todos os homens eram meninos; Ben, é claro, sabia que era um menino, mas André agia como se não soubesse, ou como se os outros não soubessem, ou como se soubesse que os outros não sabiam.

E os assassinos, também eram meninos? Ah, havia meninos cruéis, a infância estava longe de ser aquele lugar idílico de Rousseau, se havia alguma pureza era a da vulnerabilidade, bastava ver o que acontece com uma criança quando ela sabe que tem poder. Aquele ar de menino em André a comovia, mais em André do que em Ben, porque permanecia escondido até dele próprio. Não apenas porque fosse reservado, mas porque seus movimentos tinham uma objetividade indiferente, e mesmo irônica. Além de tudo, havia nele aquela típica ambição masculina que sempre lhe fazia lembrar uma disputa de crianças contando vantagens sobre os pais.

O vento bate na sua pele e se harmoniza com o vaivém da rede. Do ponto em que está, vê o seu pé direito contra o céu. Ben já devia ter conseguido o chá, que fora pedir no restaurante; ela preferia cidreira, e não o boldo horroroso que ele queria lhe dar Depois da caminhada na praia, sentia-se melhor. O bolo no estômago se dissolvera e agora era apenas um vestígio de fundo, como uma lembrança. O chá acalmaria o que restara do mal-estar. Ben era o seu anjo particular, seu menino de estimação — e nesse momento imaginou uma cena inusitada: Ben como um garoto de recados, só que inteiramente nu, entregando-lhe uma carta que ela lia com ar divertido. Em agradecimento, ela faria uma festinha na sua cabeça.

— Pronto, Ma, consegui a cidreira.

Ben trazia um bule numa mão e na outra uma xícara com dois saquinhos.

Estranhos no aquário

— Não morre mais, eu tava pensando em você.

— Isso é uma coisa tão rara assim? O que era? — Ben mastigava alguma coisa. Era um palito que pegara de uma das mesas do restaurante.

— Um dia te conto, se você se comportar direitinho.

— Ah, malvada. Vamos lá, que vou te dar seu chá no quarto.

Passam por André, que acena para eles enquanto os garotos começam a se dispersar. Está quase na hora do jantar.

— Vai ficar muito tempo aí? — Ben pergunta, sem muito interesse pela resposta. Na verdade quer saber a que horas André pretende voltar para o quarto.

— Cara, dormi o dia todo, tô sem sono nenhum. Vou ver o que a galera vai fazer, só devo voltar de manhã. — E com uma piscadela, acrescenta. — Fica tranquilo.

— Valeu, boa noite. — E começam a subir a rampa para o quarto que agora seria só dos dois.

14

É preciso escrever tudo, porque provavelmente em breve o filho não recordará mais o que acaba de lembrar. Por isso, Roberto vai até a cidade e compra dois cadernos de brochura (mais leves que os de espiral), além de duas canetas, uma azul e uma preta. Durante todo o percurso — o trabalho de pegar Benjamin no colo, dobrar e desdobrar a cadeira de rodas, o rádio ligado, a paisagem nublada correndo na janela — Ben permanece alheio, assobiando uma melodia simples, talvez o "bife" ou "a barquinha ligeirinha", que aprendera a dedilhar no piano quando tinha 8 anos. Depois de ter contado ao pai o que lembrara, tinha caído num estado de semiestupor, como se aquilo tivesse exigido demais dele e precisasse recarregar as baterias — pelo menos era o que Roberto imaginava. Obrigava-se a uma paciência

Adriana Armony

que normalmente não tinha: era como se qualquer passo em falso pudesse fazer a memória de Ben evaporar-se, e não queria, de forma alguma, se arriscar.

Ben só parece despertar quando entram na papelaria. A loja está vazia, exceto pela moça que se abaixa para recolher com a pá o lixo que acaba de varrer para o canto da sala. Junto ao balcão, um homem grisalho arruma as notas do caixa.

Enquanto escolhe o caderno e as canetas, não para de pensar no que Ben lhe contara. André o traíra e Maíra estava grávida. Faz as contas: não era possível que o filho fosse de André. Não daria tempo. Maíra já devia estar grávida quando Ben os pegara juntos. Seria cedo demais para saber da gravidez quando fora visitar Ben, menos de dois meses depois do ano-novo. Certamente tinha engravidado antes, talvez na própria casa deles, numa das noites em que estivera lá.

A não ser que Maíra e André tivessem dormido juntos antes do episódio da pousada... e este fosse apenas mais um capítulo de uma história sórdida de traição e ingratidão. Uma ingratidão dirigida não apenas a Ben, mas a ele próprio, Roberto. Sempre gostara de André, sempre o estimulara e o tomara como modelo para o filho. Mas a criatura voltara-se contra o criador com sua face monstruosa. Parecia inacreditável que o garoto que praticamente crescera na casa deles tivesse agido daquela forma, ainda mais sabendo que poderia ser surpreendido pelo amigo. Roberto costumava se orgulhar de ter convencido André a optar pela Engenharia,

Estranhos no aquário

um engenheiro sempre tinha trabalho, ainda mais na era da Informática, e sem o inconveniente dos plantões, dizia isso numa crítica velada ao próprio filho, completamente alheio, segundo pensava, ao mundo real. E o mundo real era isto: sangue, tecidos, uma broca furando o osso do crânio, os corredores diários do hospital, o refresco das férias para o exterior compradas com o cansaço dos dias. André era mais objetivo, sabia o quanto tudo se gasta e morre, sentimentos e ideais mais rápido que corpos, corpos mais rápido que coisas, coisas mais rápido que hábitos.

Se André não o tivesse traído, Ben não pegaria o carro, transtornado. Não dirigiria a toda, não seria colhido pelo caminhão. Não chegaria ao hospital quando ele estivesse saindo do plantão para o calor da casa, não perderia parte significativa da memória.

Mas agora, junto ao sentimento de ter sido traído pelo André (maior talvez do que o do próprio Ben, ali sentado sem expressão definida no rosto), sentia uma estranha euforia, pois à frente dele se desenrolava toda uma outra história, um segundo Ben, uma segunda chance para os dois.

Roberto pega o embrulho e o entrega a Ben, que se apressa em abri-lo. Sorri para as canetas, para o caderno, depois para o pai. Seu olhar confiante lhe dá certeza de que está no caminho certo.

15

Quando André tinha 11 anos e sua mãe precisava sair para visitar clientes ou regatear tecidos, ele esperava alguns minutos para se esgueirar até o quarto onde ela passava as horas costurando, "Não mexe em nada, André, eu volto logo", e pegava a bolsa grande de plástico, ajeitava os cabelos endurecidos de laquê barato e encostava a porta do quartinho — nesse ponto ela suspirava, e cada gesto seu parecia lamentar a falta de um pai para o menino. Ele ouvia os passos apressados da mãe por trás da porta do apartamento, enquanto a via em pensamento atravessando o corredor estreito ao longo de inúmeras portas até o elevador; podia senti-lo chegando como uma golfada, abrindo a porta pantográfica que engolia a mãe rumo ao burburinho das ruas. Mas lá, no apartamento do Catete, o que reinava era o silêncio. Devagar, jogando consigo mesmo, ele ia até a porta do quartinho, entreabria uma fresta e aspirava o cheiro bem conhecido de costura e de mulher; pois enquanto a mãe trabalhava cortando, franzindo, alinhavando um vestido numa cliente, ele fingia que estava lendo um livro, enquanto, atento, anotava o perímetro de uma cintura, um sutiã que voava para aterrissar num monte farfalhante de filó, e colhia as conversas, os sussurros, os risos: "deixa comigo, querida, ele vai ficar louco com esse decote", "mas a senhora não acha que numa noiva não fica bem", "ora, aproveita bem esse corpinho, olha só pra mim, quem vai querer essa velha", "que velha nada, dona Conceição, a senhora ainda está inteira", "obrigada, querida, mas por que você acha que ele me deixou sozinha com um filho pequeno? Graças a Deus que ele não dá trabalho, é muito estudioso", "ai, cuidado com o alfinete", "...e é um menino ajuizado, sabe, todo mundo gosta dele", "é mesmo". A cliente examinava o corpete, os bordados, alheia, o assunto não a interessava mais, "então a senhora acha que ele vai gostar?".

Antes, ela costumava deixá-lo na casa de uma vizinha idosa e meio surda, que lhe oferecia alguns biscoitos murchos e passava a tarde ouvindo um radinho ensebado, no qual uma voz de barítono matraqueava sem cessar. Ele gostava de olhar os quadros nas paredes, reproduções desbotadas de paisagens marítimas ou florestas em que as folhas pareciam ondulações do mar: "ganhei da minha antiga patroa, não são bonitas?", ela dissera numa das raras vezes em que se dirigira a ele. No quarto minúsculo da

Estranhos no aquário

velha, uma parede abrigava uma figura de Nossa Senhora e dois pôsteres recortados de uma revista, com atores de uma novela.

Com 11 anos, ele já podia ficar sozinho em casa, e com que delícia cruel ele fazia a si mesmo esperar enquanto o elevador levava a mãe, deixando apenas os aromas e o silêncio; ele abria a porta do quartinho bem devagar, tocava a máquina de costura, apertava o pedal negro e fosco, enrolava no dedo um pedaço de linha branca até deixá-lo bem vermelho; e depois testava a consistência do tecido que esperava embaixo da agulha insistente agora imóvel, alisando e esfregando, até finalmente se lançar nas saias, nos véus, na imensa espuma branca derramada sobre o chão.

16

Caminhar sempre lhe fazia bem: as ideias se espraiavam, o movimento de braços e pernas — amplos, certeiros — o libertava; mesmo empurrando a cadeira de Ben, que saltitava pelas pedras do calçamento, a sensação familiar se repetia. Sob a modorra da tarde, a cidade está encantadora. Garotas bonitas passeiam pelas calçadas, um cachorro fareja alguma coisa ao pé de um poste, uma pequena fila se amontoa em torno de uma sorveteria, da qual grupos de adolescentes saem em triunfo com seus potes. Em breve Ben e ele também terão seu sorvete, de chocolate com brownie e de pistache; em silêncio esperam chegar a sua vez. Ben continua a brincar com as canetas, que cruza e descruza, enquanto murmura alguma coisa baixinho, o que faz Roberto se reclinar por cima da cabeça dele, roçando-lhe levemente a orelha, "o que foi, meu filho?", "cosquinha!", "você disse alguma coisa?", pergunta, mas já é hora de pedirem as bolas de sorvete. A moça de avental a princípio o fita impaciente, depois olha para Ben e sua expressão se suaviza, uma bola de chocolate, uma de pistache, uma de doce de leite, uma de iogurte com frutas vermelhas.

Morangos dançam no copo, se chocam com o gelo, é preciso pescar eles para que não fujam, por trás do vidro o rosto afogueado de Maíra me fita com olhos enormes, olhos de ressaca, as pupilas explodindo junto com os fogos que me queimam.

Um fio preto de sorvete escorre pelo queixo de Ben. Roberto pega um guardanapo e tenta limpá-lo, mas o efeito não é o esperado: agora riscas de chocolate se grudam no rosto do filho, mas ele não liga, porque está dizendo, "Os fogos subiram e eu beijei a Maíra", as lembranças vão ficando mais coerentes, o quebra-cabeça vai sendo montado, é preciso ajudar as peças a se encaixarem, por isso Roberto pergunta, "isso foi antes de você pegar os dois juntos?".

Os fogos subiam e ele fez um rabo de cavalo no cabelo dela. A mão saía da testa e puxava tudo. Ela tremia. No mundo só eles dois e mais ninguém.

Ben está respondendo: "Foi antes." Roberto abre o caderno e diz, "escreve aqui o que você se lembrar", e Ben o olha, "eu tô me lembrando, só que às vezes as coisas fogem de mim". E, com um sorriso encantador: "agora eu vou prender elas."

17

A avó saiu correndo atrás da galinha. Ele conhecia bem aquela cena: o corpo vergado sob a roupa surrada — a saia quase um pano de prato —, os cabelos arrepanhados num rabo de cavalo raquítico. Mas era impressionante a força das suas mãos quando agarrava o pescoço da galinha: o bicho estrebuchava de olhos vazios e num instante não estava mais lá. Quanto a ele, não sentia pena nenhuma: estava na ordem das coisas a galinha morrer para ressuscitar algumas horas depois boiando feliz na travessa do almoço. "Betinho, vem me ajudar, traz a bacia", e ele, que amava a avó, correu até a área de serviço e levou para ela seu troféu verde. Gostava de presenciar o momento em que a avó deitava o sangue da galinha na bacia: só dois anos mais tarde, depois de cair da árvore e passar horas esperando ajuda empapado em folhas secas, entenderia o horror do sangue. Os dias na granja eram claros, sem vento, enquanto seus pais ficavam esquecidos no escuro da casa de Araruama, onde o sol não batia. "Agora vai brincar, que vou preparar a comida preferida do meu futuro doutor." Dias de glória, em que o Beto reinava, mesmo quando o pai, vindo buscá-lo, ficava para o almoço, como era o caso daquele fim de semana. "Avó" — o pai chamava a mãe de avó — "você mima demais esse menino". Com suas mãos escuras, sua barriga transbordando do cinto, seu cabelo duro e seu orgulho de armazém, o pai mal o olhava. Comia a galinha morta com avidez, fiapos da carne ficavam pendurados na sua barba, mas o menino perdera a inveja dos fios espessos. Logo ele cresceria, também ostentaria uma barba e uma barriga, mas não ali na roça, entre as galinhas e as manhãs verdes, mas na grande cidade de aço, onde ele reinaria numa casa enorme que acolheria generosamente toda a família. "Isso, come bastante, pra ficar forte." Ele obedecia, e comia como nunca.

18

De volta ao quarto, Roberto entra no banheiro e liga para Júlia. Pela porta entreaberta, pode ver Ben deitado na cama, assistindo televisão, com o caderno no colo. De vez em quando, ele o abre e escreve alguma coisa.

— Oi, meu amor, sou eu.

— Aconteceu alguma coisa com o Ben? — A voz de Júlia, ainda sob o efeito do remédio, soava pastosa; como dormira de roupa, viam-se nas partes descobertas do seu corpo pequenos lanhos formando um desenho confuso.

— Calma, tá tudo bem. Liguei pra te contar o que ele lembrou.

— Lembrou de tudo?

— Mais ou menos. Mas ele está retendo cada vez mais. E estou fazendo ele escrever para de tempos em tempos reler o que lembrou. Aos poucos ele vai fixando. — Respira fundo e resolve dizer de uma vez. — A Maíra está grávida.

Júlia se apoia num cotovelo, em alerta.

— Grávida? Não é possível.

— Ela contou pro Ben.

— Mas... ele nem namorava a Maíra antes do ano-novo!

— Isso era o que a gente pensava.

— E eu que nem desconfiei quando ela veio aqui... Não tinha barriga nenhuma.

Roberto respira fundo, tomando coragem. Do outro lado da linha, Júlia se senta, as pernas encolhidas contra o peito.

— Meu Deus, o Ben tão novo, pai... Ele deve ter ficado transtornado... — E, depois de um breve silêncio em que devia estar processando o que acabara de ouvir. — Precisava ficar sozinho, ou contar pra gente, por isso saiu de repente...

— Mas tem outra coisa, Júlia.

— E agora o Ben desse jeito...

— Tem outra coisa — continuou, ignorando o comentário de Júlia. — O Ben pegou o André e a Maíra juntos. No flagra. Por isso ele saiu da pousada transtornado. — Faz uma pausa, na expectativa da réplica que não vem, e depois continua. — Imagina ele dirigindo e remoendo o que viu. Por isso não deve ter percebido o caminhão vindo na direção do carro.

— Como pode ter acontecido isso? Eles eram tão amigos! Mas... e se o filho for do André?

— Não daria tempo, a coisa toda aconteceu aqui.

— Não dá pra acreditar, o Ben vai ter um filho...

Estranhos no aquário

— É isso, Júlia. Vamos ser avós.

Ben, sentado na cama, vira a cabeça para o pai. Roberto baixa a voz e começa a se afastar quando se dá conta de que provavelmente o filho logo esquecerá a conversa que ouviu:

— Vai dar tudo certo, meu amor.

— Certo como, Beto? Como vamos cuidar de um bebê, com o Ben desse jeito?

— Olha, Júlia, a gente conversa quando eu chegar. Por enquanto não se preocupa com nada, promete?

— Ah, meu Deus...

— Um beijo, eu amo você.

Roberto desliga o telefone. Está inquieto, mas faz tempo que não se sente tão feliz. Cantarola uma música dos Titãs enquanto anda pelo quarto sem nenhum objetivo. Daqui a alguns anos, passeará com o neto numa praia ensolarada, onde o ensinará a nadar. Imagina Ben olhando-os de longe, feliz, mesmo se ainda preso à cadeira de rodas suja de areia.

Na parede do quarto, elevam-se sombras que indicam a chegada da noite. O perfeito encaixe entre os movimentos da natureza e os serviços do hotel lhe transmite segurança. Roberto se debruça na janela e espera que a noite se instale antes de sair para o jantar.

19

A mesa está posta, e penduradas nela as pessoas balançam como pingentes. *Fecho os olhos na tentativa de reconhecê-las: meu pai com um riso tosco, André ao lado dele, Maíra bem-composta aguardando o início da refeição. Ouço a voz de Júlia por trás do fumegar das panelas, do barulho dos talheres. Em torno da mesa, todos riem alegres, do meu corpo sem cabeça. E eu, Benjamin, eu rio também.*

Que forma grotesca de mastigar, tudo me irrita nele, a presunção, o ar de superioridade. "Um brinde", diz, erguendo-se sobre a mesa posta, rei entre nobres, exceto eu, o príncipe rejeitado, o grotesco Hamlet de pai vivo, é irresistível o sabor de revolta, pois é André que se levanta, o cordeiro enviesado, pronto para tomar o altar, "um brinde", André me puxa para

Adriana Armony

si e para o silêncio, "vocês são minha verdadeira família" (mas como poderia ser, com aquela cara de índio), "um brinde", os copos se chocam, o rosto de Maíra brilha refletido no de Júlia, eis uma família feliz.

20

Júlia fica por alguns segundos com o fone na mão, tu-tu-tu, ele diz, enquanto sua cabeça se esvazia e a deixa tonta, ela tem de se sentar para recuperar o equilíbrio e voltar aos pensamentos, neste caso Espinosa só pode ser escárnio, os afetos passivos a esmagam, seu filho sem memória, perdido dela num filme de horror, e agora a traição do melhor amigo, um quase filho da sua própria casa, é como se a culpa também fosse sua, ela que abrigou o filho da costureira, que conseguiu que estudasse num bom colégio, que levou biscoitos para o quarto de Ben quando eles estudavam, ou fingiam que estudavam, ela que o acolheu num regaço que se estendia como leite derramado pela casa toda, a filha, o filho, Roberto, os amigos, também Maíra, a menina inteligente e esquecida pelos pais, as duas conversando sobre

Espinosa como quem troca segredos femininos. Um neto, ah, como a repugna a substituição forçada que esse suposto neto sugere, ela que se sente como uma viúva a quem apresentam um homem durante o luto fechado. Tem vontade de rir histericamente, e é quando lhe vem a velha imagem, o quarto nu, a voz dele dizendo "Ju?", os olhos azuis apertados, a mão grande e forte cheirando a maconha e a dor. Estica a mão para o remédio para dormir, quem sabe mais um lhe faça bem, quem sabe consiga estar a salvo na sua bolha, mas o pensamento só dura um momento, porque se dá conta de que ainda tem o fone na mão, agora não se ouve mais nenhum som, exceto o do seu coração, tu-tu-tu, um som parecido com o do telefone, e na outra linha está o filho, seu amor de toda a vida, placidamente na cadeira de rodas, que a espera sem saber que a espera.

Desliga o telefone, vai até a escrivaninha onde estão a chave e os documentos do carro e sai assim como está, de roupa amassada, cheirando a cigarro e a sono, sem sequer avisar a filha.

21

Ben foi o primeiro a acordar. Por um momento, não soube onde estava nem que horas eram, até que percebeu o corpo de Maíra ao seu lado e viu no relógio da mesa de cabeceira que já eram dez para as quatro. Quis levar o café na cama para ela, mas àquela altura certamente nem mais almoço havia. Maíra dormia com a boca ligeiramente aberta, os cabelos lhe cobrindo parte do rosto. Ele levantou devagar, afastou ligeiramente a cortina e olhou o céu meio encoberto. Precisava ir ao banheiro. Quando voltou, Maíra estava sentada na cama com o ar ausente dos que acabam de acordar. Ele sente o hálito que ainda carrega a vida íntima do seu sono.

— Dormiu bem? Quer alguma coisa?

— Que horas são?

— Quase quatro... tá se sentindo bem?

— Humm, meio enjoada. Acho que exagerei na bebida. Coitadinho de você, eu devia estar uma chata ontem.

E, sorrindo, pressionou levemente a mão de Ben como se pedisse desculpas — ou quem sabe num agradecimento por ele não ter tentado algo mais durante a noite. Na verdade não conseguia entender bem o que ela queria, seus sinais eram ambíguos, seu olhar desmentia suas palavras e suas ações eram erráticas demais para uma mente racional (ou melhor seria dizer masculina? Masculina, sim, diria Maíra com um risinho maroto). Ben respondeu segurando firme a mão dela, que se afrouxara ligeiramente e permanecia pendida na sua.

Se ele fosse André, saberia como agir, mas, como não era, deu um risinho sem graça e afrouxou a mão que, sem utilidade, foi parar em cima do próprio joelho, a palma virada para cima. Ela estendeu a mão na direção do vestido preto e o vestiu num movimento rápido. Tinha abaixado a cabeça e parecia zonza. De repente, colocou a mão em concha na frente da boca e correu até o banheiro. Ben chegou a tempo de colher os cabelos que já iam se sujando com o líquido azedo que jorrava na privada. Ficaram olhando por um tempo os fragmentos de morangos que flutuavam na água esverdeada, enquanto ele segurava o mais firme que podia a cabeça dela num rabo de cavalo. Era assim que vira a mãe fazer com sua irmã algumas vezes: sua mão macia

Estranhos no aquário

segurava os cabelos no alto enquanto com a outra afastava os cabelos finos que ficavam grudados na testa, até que os espasmos cessassem.

Com um gesto rápido, Maíra sinalizou que ele já podia sair. Assim que cruzou a porta, Ben ouviu os ruídos familiares da higiene pessoal: a descarga, uma e duas vezes; a água correndo da torneira, primeiro livremente e logo obliterada por mãos, boca e antebraços; o escovar de dentes um pouco mais longo que o normal, a espuma cuspida sobre a porcelana da pia, novamente a água correndo da torneira. Quando abriu a porta, Maíra parecia envergonhada, o que disfarçou com um leve sorriso de troça.

— Olha só no que você foi se meter... Babá de marmanja em pleno ano-novo!

— Que isso, Ma... é um prazer cuidar de você.

— Também não precisa exagerar, Ben! Olha, vamos sair um pouco, o ar aqui dentro tá viciado. Caramba, o meu vestido tá todo amassado.

"Você é linda de qualquer jeito", ele pensou, mas teve vergonha do clichê. Já bastava aquele formalismo ridículo "é um prazer cuidar de você"... onde ele estava com a cabeça? Mesmo assim, estendeu a Maíra sua mão cavalheiresca (ela respondeu com uma mesura) e a conduziu até a porta.

Fora do quarto, uma onda de calor só levemente cortada pela brisa anunciava o final da tarde. Tudo jazia em repouso, como se a ressaca da festa tivesse se abatido em todos os objetos que, ligeiramente deslocados (cadeiras arrastadas, toalhas de mesa manchadas, plásticos e papéis imunes ao zelo da faxina), pareciam procurar, perplexos, o caminho de retorno.

Maíra ia um pouco adiantada, acompanhada de perto por Ben, temeroso de fazer algum movimento em falso que rompesse o sentimento que começava a invadi-lo. Lembrou do André lhe dizendo: "Fiquei apaixonado uma vez e não pretendo repetir, parece mais uma doença" — como se a paixão fosse um pudim açucarado que se podia recusar educadamente, enquanto a mãe procurava empurrá-lo ao filho. Mas Benjamin amava aquele estado de levitação em que ele ao mesmo tempo se dissolvia e se concentrava: o seu corpo era o mundo, e o mundo tinha o nome dela.

— Parece um hotel fantasma...

— As pessoas devem estar na praia ou na cama.

— Provavelmente fazendo coisas mais interessantes do que nós!

— Tô ouvindo um barulho vindo da sala de jogos. Quer ir lá?

Maíra tinha caminhado até a borda da piscina e contemplava as sombras oscilando na água.

— Só um minuto. Ou melhor, vamos até a praia? Queria ver o mar.

Andam na direção da grande porta de entrada, um arco imponente por onde nos últimos dias tinham visto entrar famílias carregadas de malas, grupos de jovens barulhentos como eles mesmos, casais apaixonados ou entediados. No caminho, passam pela sala de jogos: por trás da porta,

Estranhos no aquário

podem ouvir os giros dos bonecos de totó, o espocar das bolinhas de pingue-pongue e os gritos excitados de crianças e adolescentes. Quando chegam na portaria, são engolfados pela maresia. Maíra inspira profundamente e solta o ar com um suspiro.

— Adoro o cheiro do mar.

— Eu gosto da música.

— É, o mar tem música. O John Cage já fez música com o mar? Deve ter feito.

— Escuta. — Eles já conseguem avistar a praia onde alguns banhistas se estendem ao longo da areia que guarda os vestígios do calor do dia. Ficam descalços, Maíra com os chinelos pendurados balançando na ponta dos dedos. Aos poucos se aproximam da arrebentação. A espuma que normalmente corre tímida naquela praia tinha encorpado, como se as oferendas a tivessem alimentado e ela agora se exibisse em toda sua opulência.

Num movimento irresistível, Ben pega a mão livre de Maíra e a acaricia. Estão parados, os dois, fora do tempo, como num quadro — mas no momento mesmo que faz a metáfora, Ben diz a si mesmo que a estraga, porque ela o traz de volta ao discurso e com isso de volta ao tempo. Por que não apenas sentir o perfume do mar se confundindo com Maíra, o horizonte se misturando com a chegada da noite, seu próprio coração todo concentrado naquela mão? Na água, alguns pontos brilham nos locais em que os banhistas mergulham e emergem.

— Dá uma paz...

Adriana Armony

— É. Mas às vezes a paz cansa, não acha? Não agora, claro. Agora não consigo conceber as pessoas preferirem estar na sala de jogos, gritando e pulando.

— Bom, acho que depois de passar mal a paz é o mais indicado mesmo! — ri Ben, apertando a mão dela.

Um dos pontos brilhantes cresce em direção a eles. É o André, com a pele morena luzidia e um sorriso de propaganda espetado no rosto.

— Ah, que bom, vejo que a donzela melhorou!

— A donzela ainda está lânguida — ela diz.

— Lânguida?

— Era como ficavam as moças românticas — explica Ben, com uma ponta de enfado.

— Não — rebate Maíra. — Era como os moços românticos as descreviam... lânguidas e desmaiadas. Mas gosto da palavra.

— Exangues... Bom para necrófilos. — André fita as mãos entrelaçadas dos amigos com ar divertido.

— Acho "lânguida" uma palavra sensual, com essa letra "ele" fluida e esse "an" meio sonso. Sabe que em fonética o "ele" é classificado como consoante líquida? Adoro isso.

— Caramba, a Maíra já tá a mil! Ben, você deu alguma coisa pra ela além do antiácido?

— A Ma é assim mesmo, brilhante e imprevisível. — Ao dizer isso, Ben puxa Maíra pela mão e a aperta contra a parte lateral do corpo. Mesmo parecendo um pouco desconfortável, ela permanece na posição.

— Bom, tô morrendo de fome. Vocês vão agora?

Estranhos no aquário

— Vamos ficar mais um pouco. Não é, Ma?

Mas André já tinha começado a se afastar e não ouviu a resposta.

Algumas horas depois, estão de volta ao quarto. Sentados na cama que era do André, o joelho de Ben encosta na parte lateral da coxa de Maíra, que se inclina na sua direção para devolver a xícara com o resto do chá que ele havia preparado. O cheiro da cidreira e de maresia o envolve enquanto ouve a sua voz lânguida:

— Agora vem.

22

A última vez em que vira seu pai, antes de ser acordado de madrugada pelo anúncio telefônico de um ataque cardíaco alguns anos depois, ele lhe pareceu uma figura lamentável. A mãe havia morrido pouco antes, ou talvez fosse mais exato dizer que havia desaparecido, mais magra a cada ano, falando cada vez mais baixo, até simplesmente sumir num suspiro. Sentado na cabeceira, a barriga estourando no cinto, o pai segurava os longos dedos de Júlia, inertes sobre a toalha de plástico. Era típico dele aquilo de tocar nas pessoas enquanto falava, como se para garantir que elas não lhe escapassem, "me conta como meu filho conseguiu fisgar uma garota tão bonita", e começou a desfiar as suas próprias histórias, como ele conhecera a mulher, como subira na vida com o próprio trabalho, ele que era de família pobre, filho de mulato com nordestina, "e agora minha mãe pode se orgulhar do neto doutor, garanto que pra ele foi mais fácil do que pra mim". Roberto atacou com ainda mais furor o frango assado com farofa que costumavam preparar para as ocasiões especiais: a apresentação da futura nora era certamente uma delas, e ele pretendia acabar tudo aquilo o mais rápido possível. Júlia, no meio da sala escura e mofada da casa de Araruama, parecia uma criatura de outro reino, que sorria educadamente porque fazia parte do seu código de realeza.

Sentada na cadeira de balanço, a avó via televisão interminavelmente, programas de auditório e novelas. "Venha para eu te abençoar", disse, contrariando todos os seus hábitos recentes, e tocou a testa de Júlia com seus lábios finos de velha. Mortificado, Roberto percebeu, ao se aproximar dela, que ela também tinha cheiro de mofo. Morrinha. Ela o olhou por um momento apertando os lábios e voltou a mergulhar nas imagens histéricas.

"Doutor, hein? Quem diria, aquele menino chorão. Pelo visto o sangue não te mete mais medo." Pela milésima vez, parecia ridicularizar o pavor que Roberto passara a sentir depois da queda da árvore, e que durara alguns meses. Depois desapareceu, mas seu pai não se cansava de lembrar o quanto ele era medroso.

Na hora da despedida, o pai lhe deu um abraço como nunca havia lhe dado. Roberto se sentiu desconfortável no meio daquele corpo grande e oleoso, que tratou de afastar

Estranhos no aquário

com alguns tapinhas nas costas. Mas os braços ainda fortes demoraram para largá-lo.

Por algum tempo, ficou se perguntando se o pai tentava lhe dizer alguma coisa. Depois esqueceu, até que o telefone soou no meio da madrugada.

23

As imagens da televisão refletidas no rosto de Ben desenham no escuro uma estranha fantasmagoria. Roberto acende a luz e Ben aproveita para abrir o caderno. Em voz alta, lê:

— "Eu e Roberto na papelaria." Ah, eu me lembro. Apareceu uma velhota.

— Uma velha?

— Uma velhota de cabelos azuis.

Mas Roberto não consegue se lembrar da tal velha. Ao contrário, lembra que, no final do expediente, a papelaria estava praticamente vazia. Além do vendedor, um tipo português, apenas uma mulher jovem de coque varria, com ar contrariado, os cantos da loja.

Adriana Armony

— Ela varreu o meu cabelo com uma festinha. Me deixou com cheiro de velhota!

Será que agora era ele que estava se esquecendo das coisas? Talvez estivesse tão concentrado em comprar os cadernos que não conseguira reparar em mais nada.

— Vamos, Ben, tá na hora. Se quiser pode levar o caderno.

Segura o filho pelos joelhos e pelos ombros e o acomoda na cadeira de rodas. Sentado, Ben dobra o braço para trás e aperta a mão direita do pai. Aquele gesto de confiança aperta o seu peito, e para vencer o próprio embaraço, se apressa a abrir a porta do quarto.

Antes de jantar, Roberto resolve passar na portaria. Gostaria de fechar a conta naquela noite, já que partirão no dia seguinte bem cedo. Vão margeando o muro onde as trepadeiras tecem um desenho abstrato. Ben estica a mão direita lateralmente e toca nas pequenas folhas, fazendo-as farfalhar. No final do corredor, avistam a piscina que, parcialmente iluminada pelos holofotes, parece flutuar no céu noturno. Sem se deter, Roberto atravessa-a, desviando-se das pessoas que se dirigem ao restaurante.

Este aqui é o portal do paraíso. Lá em cima deveria haver anjos, como nas igrejas, anjos barrocos com uma boca meio sacana, os pintos pequenos prestes a voar. O homem do balcão me olha compadecido enquanto Roberto fala alguma coisa com ele. Não posso mexer as pernas, mas sei olhar e falar. Sinto no colo o contato do caderno onde escrevo as palavras do passado. Assim elas não voam.

Estranhos no aquário

Às vezes esqueço de onde vim, para onde vou. Mas me lembro bastante de algumas coisas. Lembro desse balcão, da cara do moço do balcão quando eu assinei o cheque. Sei também que à direita tem a piscina, e mais adiante uma rampa que leva ao nosso quarto. Daqui a pouco estaremos lá. Roberto e eu.

Chegam ao saguão. Irresistivelmente, ambos erguem a cabeça e fitam o alto pórtico, de uma imponência meio deslocada para uma pousada de balneário. No topo, volteios meio barrocos se confundem com a escuridão. Do outro lado da recepção, um jovem uniformizado tecla alguma coisa no computador. Roberto para junto ao balcão e aguarda.

— Boa noite. Posso ajudar em alguma coisa?

O rapaz olha alternadamente para Ben e o pai. Não é o mesmo de quando haviam chegado: este é mais jovem e expansivo. É provável que por baixo do uniforme estampe alguma tatuagem.

— Vamos embora amanhã cedo. Como faço para fechar a conta?

— Se o senhor quiser, podemos fechar agora mesmo. Se amanhã tiver alguma diferença, acertamos no check-out.

— Está aqui, se preferir o senhor pode levar para conferir e trazer mais tarde.

— Pai, minha barriga tá pulando.

— Certo, vou conferir e passo aqui na volta do restaurante, assim já pago o consumo da janta.

Volta a empurrar Ben, que intensifica o batuque nos braços da cadeira. Embora aquilo o irrite difusamente, Roberto não reclama. Empurra a cadeira com velocidade crescente e num minuto chegam ao restaurante.

Vamos para outro lado, o lado da carranca. Minha barriga pula e se alegra. Por que ela se alegra tanto? Será que Maíra estará lá? Roberto parece uma espiga de milho atrás de mim. Quero perguntar a ele sobre Maíra, mas me detenho. Sei que ele não vai me dizer. Que não sabe de nada, e, se soubesse, mentiria. Como o André. Não sei por quê, mas tenho ódio dele. Preciso consultar o caderno em cima do meu colo.

No alto da escada, a carranca parece fitá-lo com ar escarninho enquanto dois garçons transportam a cadeira de rodas. Como no almoço, pega o grande prato branco e serve Ben, que aguarda na mesa. Roberto deposita com cuidado o prato em frente ao filho.

— Essa é a mesa da mulher barriguda. Os filhos se penduravam nela.

— Quando foi isso, Ben?

— No almoço. Nós sentamos do lado dela.

Ben deve estar se lembrando de um almoço anterior, quando estava com os amigos na pousada. Pelo menos Roberto não se lembrava de nenhuma mulher gorda com filhos. Na maioria, os hóspedes eram casais ou grupos de jovens solteiros.

Sentamos. No outro dia, uma mulher gorda cheia de filhos se sentou aqui. Roberto se esmera como nunca: ajeita meus braços diante da mesa, pede para que eu espere enquanto varre minha cabeça com a mão. O prato é grande e branco feito clara de ovo,

Estranhos no aquário

mas quando volta não é mais ele mesmo. Está cheio de formas agradáveis e cheirosas.

Enfio o garfo na boca. Na ponta dele, uma carne se apresenta. Boa noite, carne, sua consistência definitivamente me agrada. A saliva quente enche minha boca e meu peito.

Ben mastiga de olhos fechados. O que se passará na cabeça dele? Pelo menos parece feliz. De fato, quando termina, ele fica parado, com ar satisfeito. Folheia o caderno, eventualmente mudando de expressão, mas Roberto nota que ele faz menos perguntas e as transições de humor são menos bruscas. Finalmente, voltam à recepção para pegar a folha impressa com as despesas da estada e retornam pelo caminho ensombrado pelas trepadeiras, sob a luz artificial.

Dom Quixote e Sancho Pança atravessam a parede de vidro e agora estão do lado que não tem comida. Aqui fora é bom e fresco. O ar cheira ao véu de uma noiva. Entramos por um caminho cortado pela espada de um muro. Não se vê o que existe do outro lado, só que o verde o abraça e consola. O som das rodas da minha cadeira cresce e morre como a música de uma máquina de costura.

No quarto, a televisão emite uma luz semelhante. Roberto acomoda Ben na cama e se senta ao lado dele, quase tocando na sua coxa. Puxa delicadamente o caderno das mãos do filho e o coloca de lado.

— Benjamin?

— Roberto?

— Você lembra o que aconteceu entre a Maíra e o André?

Ben apalpa o próprio colo e só encontra o controle remoto. Por um momento, fita o pai com expressão atônita, mas retoma a confiança ao fixar os olhos na televisão. Ele se lembrava, sim. Pegara os dois nus na cama, André acariciando a barriga da Maíra e dizendo segredos na sua orelha tenra.

Com o controle na mão, Ben olha para a tela, na qual se vê um casal se beijando. Antes de adormecer, pergunta: "Quando vamos voltar, pai? Tô com falta da Júlia." Roberto sente-se mais inquieto do que nunca. "Amanhã de manhã, filho. Agora dorme."

24

Lá era outra coisa, era molhado e pegajoso. Aqui está quente e quieto, e o cheiro macio do travesseiro me consola. A televisão, esse pedaço de vidro, abarcava tudo como um fundo musical, mas agora não. Agora sou eu e essa floricultura de lençóis frescos cheirando a ferro de passar roupa, e também a camareiras azafamadas e iguais. Cheiram assim também a roupa de cama nos navios? Acho que já andei num deles uma vez.

Mas lá, lá não havia consolo. Uma luz branca quase me cegou, mas fui adiante. Tinha um vidro, também, uma televisão imóvel, diferente desta, em que as pessoas riem histericamente fingindo que sabem viver.

Estou de novo na cama do quarto. Não como agora, envolvido nesse ninho, mas como antes, sentado na cama enquanto a Maíra vomita o próprio filho. A porta do banheiro está encostada e eu espero.

Adriana Armony

Vem o mar e o sono que engole tudo. "Agora vem", ela diz com os braços e os cabelos. Maíra nua é como o vento, como a noite. Somos anjos de suor e de sal. Vejo sua boca molhada e pálida e sinto vontade de beijá-la novamente, uma e mil vezes.

O plástico grudando nas minhas coxas era assim, molhado e pálido. No vidro parado algo começa a se mexer, dois corpos bailarinos estampados no azul. E então alguma coisa pula. Uma mão o captura com eficiência, os quadris balançam, as flores no biquíni são as dela, a carne é a dela, mas a do outro é ao mesmo tempo familiar e estranha, um corpo magro e forte e inesperadamente flexível, e a única coisa que posso fazer agora é fechar os olhos

25

Ao se virar na cama no meio da noite, Maíra percebe que Ben não está mais ao seu lado. Por trás da porta entreaberta do banheiro está tudo imóvel e escuro: devia ter saído para pegar alguma coisa na recepção ou para olhar o mar. No quarto está quente e opressivo e ela não consegue voltar a dormir. Por isso, coloca o chinelo e sai também.

A noite está escura como um buraco negro. Maíra olha para cima, e sente como se a escuridão pudesse tragá-la; como se um oco quisesse se encher com o seu corpo, que seria puxado, aspirado rumo ao infinito, e por fim esmagado e triturado, até se tornar parte do próprio vazio. Ah, que as estrelas mergulhem em seu escuro endereço! Sente seu corpo tremer de frio e fragilidade, e, como um fio finíssimo, uma lufada de vento cortar seu coração.

Mas as coisas brilham. Sob o céu, um mundo fantasmagórico se agita. E nesse mundo, Maíra se vê: uma sombra hesitante, caminhando rumo ao desconhecido. Ou talvez não: pois uma força a atrai, a atrai irresistivelmente, a amarra lenta, suavemente nos seus laços macios, até formar uma bolha, na qual ela flutua, inconsciente. E ela era parte de Deus, dessa massa de forças necessárias entrecruzando-se para mover o mundo, esse mundo informe que nascia e morria interminavelmente. Ela, uma consciência finita movendo-se no infinito, com sua presunção também infinita. Agora tudo está quieto, tudo desmente a realidade do dia: as palmeiras, a bancada do bar, a ausência dos funcionários e dos hóspedes, evidente como a marca redonda de um copo numa mesa de madeira. Sente as pernas fracas e sonolentas, e quando dá conta de si está na espreguiçadeira, os olhos fechados, mergulhada no vento noturno. Os sons da piscina, com o seu ronronar, também falam de um outro mundo: de uma cena de naufrágio, com copos e óculos e echarpes flutuando no azul. Deitada, ela mal ouve a voz longínqua que diz, entre séria e divertida, "perdeste o sono?", uma frase que a princípio ela estranha, quem usaria assim a segunda pessoa, esse tu de galanteio antigo, meio canastrão, mas antes de abrir os olhos é atingida pela certeza, é o André.

— O que você tá fazendo aqui, André?

— Ainda não consegui dormir. Você também?

— É, responde Maíra, mecanicamente. O vento voltou a soprar e seus pelos se arrepiam.

Estranhos no aquário

— Posso sentar do seu lado?

Maíra examina o rosto dele. Não consegue decidir se é um rosto de menino ou de velho.

— Claro.

— E o Benjamin?

— Não sei, acordei no meio da noite e achei que ele estivesse aqui. Talvez esteja na praia. Eu fiquei no meio do caminho...

— São mais de quatro da manhã, muito tarde ou muito cedo, dependendo do ponto de vista. Eu costumo ter insônia.

— Eu não, normalmente eu durmo como uma pedra.

— O Ben é louco por você. Sorte dos dois, ele também é um cara incrível.

Os dois ficam em silêncio, ouvindo o vento. As estrelas piscam, indiferentes, no céu negro. Em frente a eles, cortinas tremulam como fantasmas.

— E no que você fica pensando? — pergunta Maíra.

— No futuro. Não é sempre no que a gente pensa?

— Você é ansioso assim, André? Você me parece tão calmo, centrado, sei lá. Tão na sua.

— Ah, quem vem de onde eu vim não pode ser calmo.

— Ah, é? E de onde você veio? — ela diz isso como um desafio, de brincadeira, mas sua voz soa tremida, estranha.

André entra na brincadeira, respondendo de modo teatral, mas Maíra percebe a nota de escárnio na voz dele.

— Vim do outro lado do mundo. Do outro lado do túnel. Trago a face escura dos mal-nascidos...

Adriana Armony

— Ah, André, assim eu fico com medo... — sua voz soa séria demais, e imediatamente Maíra se arrepende do que disse. Mas André sacode a cabeça, rindo.

— Sou filho de uma costureira com um sujeito que deu o fora antes de eu nascer. É claro que eu tenho de me preocupar, né? Minha sorte é que a família do Benjamin me ajudou.

— É mesmo? Como?

— Minha mãe fez o vestido de noiva da mãe do Ben, e depois outras roupas. A Júlia me viu bem pequeno e parece que gostou de mim, ou ficou com pena, sei lá. O que importa é que conseguiu uma bolsa de estudos com a amiga dela, diretora da escola.

— O Ben me contou que você passou muito bem no vestibular de Engenharia.

— Eu não posso me dar ao luxo de fazer Sociologia ou Filosofia, ou alguma coisa que agrade os neurônios mas não dê dinheiro, como vocês.

— Ah, André...

— Não me entenda mal, eu admiro vocês, mesmo. Mas comigo é diferente, entende? Eu não tenho tempo a perder.

— Nem com o amor?

— Nem com o amor... pelo menos até hoje.

Eles olham para a frente, em silêncio. O vento parou de soprar e o único movimento perceptível é o leve balanço da água da piscina.

— Posso dizer uma coisa?

— O quê?

Estranhos no aquário

— Posso ou não posso?

— Tudo bem.

— Eu acho que se você vai ser uma grande filósofa. Ou uma grande poeta, como aquela que você recitou ontem, a Sílvia qualquer coisa. Eu te admiro. De verdade.

— Deixa disso, André. — e com ar brincalhão: — Você diz isso para todas.

— Você sabe que não, Ma. Você é especial.

Maíra se lembraria mais tarde: a mão de André estendida, o momento de hesitação. Como se a noite fosse cortada por uma espada e dois caminhos se abrissem no chão. É um segundo interminável, mas que quando acaba lhe parece curto, curtíssimo. O demônio sussurra ou é ela que mais uma vez se sente incapaz de dizer não? Quando vê, está de mãos dadas com André, enfiando um pé na água.

— Ai, tá friiio...!

Por trás da elevação de terreno que se vê da piscina, um tom rosado se insinua. Está começando a clarear. André solta a mão e mergulha na frente dela. Aquela liberdade súbita a confunde, e ela se deixa deslizar até o corpo todo entrar na água, que cobre a parte de cima do biquíni. Seus mamilos se arrepiam com o contato frio e oscilante da água. A sombra cinzenta de André se move lentamente do outro lado da piscina, cada vez mais distante, e ela, como uma sonâmbula, caminha na direção dele, bordejando a margem, sentindo o contato eventual dos azulejos na lateral do corpo, percebendo o brilho que eles emitem com os primeiros raios da manhã. E para. O vento voltou a soprar.

Adriana Armony

Ela treme de frio e está prestes a se virar para sair da piscina quando percebe que André está ao seu lado. O corpo alto, o peito liso. Ele coloca duas palmas leves sobre os quadris estreitos e, com os dois dedos de cada mão, brinca com as laterais do biquíni. Lenta, lentamente. Ela fecha os olhos e deixa pender a cabeça, devagar, bem devagar, quando, de repente, um movimento brusco a surpreende.

26

Dormindo, Ben parece apenas um adolescente comum, crescido demais. Os cabelos estão oleosos e a barba malfeita, o aspecto de alguém que se preocupa pouco com a aparência (na verdade aquilo se devia a ele mesmo, Roberto, pois sob os cuidados de Júlia a história era outra.) Se é que se podia chamá-lo com propriedade de adolescente; essa categoria de repente lhe parece vazia quando se compara ao filho, tão diferentes eram, ou haviam sido, quando ele mesmo tinha a idade de Ben. Com 18 anos, Roberto tinha uma visão de mundo onde tudo tinha seu lugar. Tinha ambições, um carro, um círculo de amigos que pensavam como ele. Enquanto nos anos 80 alguns se enfiavam nas drogas ou em romantismos anacrônicos, indo viver de artesanato ou plantar chicória em Mauá, ele optara pelo pragmatismo:

fora estudar Medicina no Rio de Janeiro, morando numa quitinete com uma tia, flertara brevemente com o rock, engajara-se nas primeiras eleições diretas em vinte anos, penetra de uma festa em casa desconhecida, e tratara de formar família e ganhar dinheiro. Não sabia se era uma questão de geração (provavelmente não era) ou de origem social, mas na época jamais seria capaz de formular algo como o que Ben escrevera no verso da carta dirigida a Maíra, aquela história do homem que come os próprios órgãos, que vai deglutindo a boca, o nariz, pernas e braços... Uma metáfora, é claro, embora ele mesmo não alcançasse seu significado; ou talvez o indício de uma espécie de loucura, uma enfermidade que viria a se desenvolver no filho mais tarde, pela qual ele, Roberto, não teria a mínima responsabilidade — ou será que teria? Para um psicanalista certamente teria, os psicanalistas sempre culpam o pai e a mãe pelos problemas dos filhos, e aliás o irritava essa desresponsabilização generalizada, como se não tivéssemos força de personalidade e caráter para definirmos a nós mesmos. Na verdade, essa má vontade se devia principalmente à atitude de Júlia quando começou a fazer análise e a lhe dirigir um olhar de distanciamento indulgente, como se tivesse pena dele por não ter acesso às verdades mais profundas das almas e dos relacionamentos.

É impossível dormir, e ele se pergunta se seria imprudente sair para tomar um uísque na piscina. Mas Ben parece seguro aninhado nos lençóis, e Roberto decide escrever um bilhete para o caso (improvável) do filho acordar (sempre

Estranhos no aquário

dormira como uma pedra): "Ben, estamos na pousada de Búzios e saí um instante para a piscina. Volto logo, mas ligue para o meu celular se acordar. Papai." E acrescenta o número, enquanto faz mentalmente a ressalva de que aquele "se acordar" era dispensável, pois se Ben lesse o bilhete obviamente era porque acordara...

Ele ainda hesita um instante, sentado na cama; então enfia o jeans e uma blusa de malha e abre a porta cuidadosamente. Desce as escadas, atento aos barulhos da noite, assegurando-se de que nenhum ruído indique o despertar de Ben, até que atinge a plataforma da piscina. Por baixo do céu sem estrelas, a água parece densa como cimento. Provavelmente vai chover amanhã, pensa, é bom porque assim refresca um pouco. Aspira a brisa carregada do aroma de terra antes do primeiro pingo, que se transforma rapidamente em dois e três. Finalmente a água desaba, traiçoeira. Roberto cobre a cabeça com as mãos inúteis, enquanto pressente o movimento das poucas pessoas que se retiram rapidamente para a recepção ou de volta para o quarto. Do lado esquerdo da piscina, uma escada parece levar a algum lugar a salvo da chuva. Ele desce aos saltos, e quase escorrega numa folha de palmeira meio apodrecida que atravessa um dos degraus. Empurra a porta semiaberta enquanto se pergunta o que encontrará: um depósito com quinquilharias, latas de tinta, escadas enferrujadas, materiais de construção vencidos. Mas o cheiro quando entra é fresco e limpo, cloro com eucalipto, e quando aperta o interruptor uma luz ligeiramente azulada banha duas es-

Adriana Armony

preguiçadeiras cobertas com almofadas plásticas. Não sabe bem por quê, imagina Ben e André deitados lado a lado nas espreguiçadeiras, discutindo futebol; talvez porque tenha presenciado algumas vezes uma cena parecida, na casa de Teresópolis. Pela porta entreaberta, vê os grossos pingos de chuva insistentes sobre os degraus, mas percebe que caem mais espaçados, e, consultando a tela do celular, decide esperar mais alguns minutos, até que a chuva abrande.

Devagar senta na ponta de uma das espreguiçadeiras, como uma espécie de garantia de que pretendia permanecer por pouco tempo; é quando vê o quadrado de vidro que mostra o interior da piscina. A iluminação é fraca, mas é possível perceber o tumulto das águas golpeadas pela chuva. Roberto se pergunta se Ben alguma vez voltará a nadar, se suas canelas cada vez mais finas aparecerão alguma vez naquela tela vazia. Mas ali nunca haverá nada, e o vazio da piscina é o vazio da sua própria vida, a inutilidade dos seus esforços, sua existência cimentada em premissas equivocadas.

Roberto tenta visualizar o futuro neto: olhos castanhos, cabelos pretos, a boquinha carnuda levemente virada para baixo, uma dobra no queixo. Mas são pedaços avulsos que não consegue juntar em algo que o faça dizer: eis um rosto.

De repente se dá conta do que o vinha incomodando desde o início da noite: e se tudo fossem confabulações de Ben? As lembranças dele eram desconexas, e mesmo contraditórias — além disso, não coincidiam com as que Roberto tinha dos momentos recentes. Nas confabulações,

Estranhos no aquário

fragmentos de memória se ligam por histórias produzidas pela mente doente, as lacunas preenchidas pela imaginação, e a de Ben era mais exuberante que uma floresta tropical. E, pensando bem, quando Maíra estivera na sua casa, Roberto não notara nenhuma barriga sob o vestido.

Olha através do vidro, que continua vazio. Prestando mais atenção, porém, a tela nunca é igual: os movimentos da água a cada vez produzem novas formas e matizes, numa espécie de sonho azul do qual brotam rostos, objetos, fragmentos flutuantes: corpos retorcidos, uma echarpe envolvendo um pescoço, um copo que restou de um naufrágio.

Pela primeira vez, pensa que entende o homem que engole os próprios órgãos. O silêncio que vem de fora lhe lembra que está na hora de voltar para o quarto.

27

E lá está ele: quente, confortável na modorra do corpo satisfeito atingido por sucessivas ondas de sono, deixa os olhos abertos apenas o suficiente para fazer uma fresta — ou melhor seria dizer uma fímbria? — sim, uma fímbria, como a de um vestido, como aquele vestido branco que Maíra usava no dia em que a vira pela primeira vez, porta de entrada para o incomunicável —, deixando visível apenas essa fímbria de azul, recorte feito pelas pálpebras sobre o vidro da piscina. Ele se sente balançar suavemente, deitado no convés de um navio. Pessoas elegantes andam de um lado para outro, homens de bengala, mulheres com longos vestidos arredondados e chapéus, como numa cena que vira num filme, ou lera num livro, os escritores gostam muito de cruzeiros marítimos, as relações humanas se esgarçam nessas situações de confinamento, enquanto sobre tudo paira um céu e um mar indiferentes. E há as manhãs estupendas de sol, as refeições fartas, a noite se aproximando enquanto as vozes se animam cada vez mais, pois logo chegará a hora do baile, e talvez num canto um homem e uma mulher troquem o segredo macio das suas bocas, enquanto no outro uma garota chora.

E agora quanto tempo se passara? Ele vê o sol progressivamente se refletindo sobre a água aprisionada atrás do vidro, ondulando ao sabor dos movimentos do vento, onde em breve estarão os corpos inconscientes do seu olhar, braços que se atravessarão de repente, pernas feito caudas de sereia, bustos em câmera lenta, lenta como o sono que o invade, o penetra, lento como a própria água, e ele vê a cauda de um vestido, uma cauda de rabo de peixe, ou talvez um véu de casamento, tênue, branco, e lá está a fresta de novo, ou a fímbria, o azul tremulando, ele se sente sorrindo, quente — mas agora há realmente algo no recorte, algo que penetra o retângulo de vidro. São dois corpos, dois corpos esguios e sem pelos que se aproximam e se afastam, um movimento cuja brutalidade só é contida pela água, o homem está com o calção abaixado e lentamente se aproxima, ajustando-se ao biquíni florido num tranco quase impossível em câmera lenta.

Protegido pelas paredes frias, Ben fecha e abre os olhos — seus cílios tremem como asas —, e já não sabe se está dormindo ou acordado enquanto os corpos dançam no quadrado de vidro, pedaços de corpos que o enchem de

Estranhos no aquário

excitação e horror, arrastando suas mãos que acompanham o movimento dos corpos sem cabeça, a pressão das mãos sobre a carne de Maíra até formar uma rosácea, as listras brancas saltando dos dedos morenos do homem, e agora as mãos de Ben também trabalham, descem afoitas e mergulham no escuro da sua calça, indo e vindo cada vez mais rápido, mais rápido e mais fundo — até que tudo estanca numa calmaria azul.

28

O alto pórtico emoldura o céu de chumbo com uma luz estranha, sobrenatural. Júlia se dirige ao rapaz da recepção e pergunta em que quarto estão Roberto e Ben; mal ouve a resposta, corre na direção da piscina, sem saber para que lado deve ir. Precisa ver o filho urgentemente, ter certeza de que é o mesmo, cheirar seu pescoço, pegar os cabelos, ouvir a voz dizendo "mamãe?", e agora não sabe qual deles ama mais, se o Ben do passado ou este, mutilado. Mas, afinal, por quanto tempo, ao longo da vida, Ben tinha permanecido o mesmo, em corpo ou em espírito? Toda personalidade era uma ilusão de ótica, sustentada por um esforço consciente de constância de si mesmo e dos outros. Examina o entorno da piscina até localizar a rampa que dá para os quartos. Ao subir a rampa, sente a umidade das trepadeiras misturada a um aroma íntimo de terra. A chuva já deve estar grassando nos arredores, e se aproxima a passos largos para romper o céu com a sua bênção. Quando a água desabar, quer estar do lado do filho, e por isso corre, corre até encontrar o número do quarto, 114, e num instinto coloca a mão na maçaneta, sem se dar conta de que a porta certamente estará trancada, mas não, está apenas encostada, e Júlia entra.

Dentro está escuro, e seco, e por um segundo o jato úmido de vento que entra no quarto levanta a ponta da colcha que cobre uma das camas, idêntica a dezenas de outras colchas de dezenas de hotéis. Seu coração parece transbordar quando vê a massa que certamente é seu filho. Um braço pende para fora da cama e quando fecha a porta é possível ouvir sua respiração. Olha para os lados procurando o marido, lança um olhar para o banheiro, "Roberto?", mas ninguém responde.

Um relâmpago ilumina um pedaço de papel sobre a mesa de cabeceira, seguido por um trovão. Árvores balançam, portas batem. Sempre gostara de chuva, mesmo quando pequena: era o momento em que os deuses liberavam suas potências. Gostava de se encharcar, de sentir a vibração do vento e da água, no antegozo do momento de abrigar-se nos braços do pai, uma réplica terrena da força masculina da natureza, ou de ser envolvida pelo corpo macio da mãe. Depois eles envelheceram, mas a chuva ficou. Pegou o bilhete, aproximou-o dos olhos mas não conseguiu distinguir nada na escuridão. Sentada na cama ao lado de Ben, acende o abajur e lê: "Ben, estamos na pousada de Búzios e saí um instante para a piscina.

Estranhos no aquário

Volto logo, mas ligue para o meu celular se acordar. Papai."
Meu Deus, como Roberto podia ter deixado Ben sozinho?
Sente um impulso de ligar para o marido, mas ao mesmo
tempo nota que algo soa estranho no bilhete, este "Papai"
jamais usado por Roberto, nem para o pai dele nem para
si mesmo, e que só lhe lembra ela mesma, quando criança,
chamando o próprio pai.

Lá fora, finalmente, a chuva desaba. Para além da janela,
Júlia vê tudo sendo lavado, árvores, céu, o telhado iluminado da pousada, até sumirem atrás da cortina de água. Ela
acaricia os cabelos de Ben, cada vez mais longos, oleosos na
raiz, devia estar há dois dias sem banho, quem dera pudesse
puxá-lo para fora e se encharcarem na chuva, mas agora
a cama é quente e convidativa, e ela se deita no cantinho
vago deixado pelo corpo suado do filho e adormece.

Quando Roberto chega, o quarto está quieto. Está en-
sopado. Entra no banheiro para pegar uma toalha quando
nota que o volume de Ben duplicara: outros braços nasciam
das suas costas, outros cabelos se misturavam aos seus, e
então sente o cheiro de Júlia. Da porta do banheiro, com
a toalha congelada na cabeça molhada, ele os olha, dois
corpos vivos na escuridão, esperando. Diante daquela visão, as imagens que o assombravam — Maíra e André no
banheiro, a casa mofada de Araruama, o próprio neto —,
tudo se evapora.

Roberto se aproxima.

FIM

AGRADECIMENTOS

Aos doutores Shirley Silva Lacerda, Camila da Veiga Prade e Sônia Teresa G. Akopian, que gentilmente me receberam no Hospital Albert Einstein, fornecendo informações valiosas sobre dano neurológico e reabilitação.

A Marcus André Gleizer e André Martins, pela disponibilidade em fornecer informações e indicações de leitura sobre Espinosa.

A Danielle Corpas, André Resende e Tatiana Salem Levy, pela leitura em diferentes estágios da escrita deste romance.

A Nahman Armony e Maria Izabel de Paula Ribeiro, que se dedicaram com presteza e paixão à leitura dos originais.

A Alberto Mussa, pelos comentários perspicazes e generosos, de escritor e de leitor.

A Christine Lopes, que me acompanhou em todos os passos que levaram a este livro, na vida e na escrita.

A Luciana Villas-Boas, pelo estímulo e generosidade, sempre.

Este livro foi composto na tipologia ITC Stone
Serif Medium, em corpo 10,5/16,5, e impresso
em papel off-white 80 g/m² no Sistema Cameron
da Divisão Gráfica da Distribuidora Record.